«NARRATIVA»

Dello stesso autore

Stati d'anima
C'è una farfalla dentro di noi
Beata incoscienza

PAOLO MOSCA

LA ROSA DEI SENTIMENTI

SPERLING & KUPFER EDITORI
MILANO

LA ROSA DEI SENTIMENTI

ISBN 88-200-741-0
86-I-98

Indice

Scegli il tuo sentimento,
o il vento sceglierà per te

L'isola di Panèo

Conosci Panèo? Non è facile arrivare fino a lui. Ma vale la pena di faticare mesi e addirittura anni, pur di specchiarsi nel chiaro dei suoi occhi, ascoltare la sua voce calma, vederlo sorridere o intristire, tentare di capire di quale pianeta o stella sia figlio.

«I miei genitori sono gente semplice di mare», racconta lui, «e io sono un tuo fratello che non conoscevi ancora, tutto qui.»

Vive in una capanna, su un'isola, dove secondo le leggende s'è fermato a dormire, anzi, a sognare Ulisse. Vive solo, per scelta: non abbandonato da creature, e nemmeno fuggito da una casa del continente. Vive da sempre sulla sabbia di Ulisse: e non c'è marinaio di barca o yacht che, passando dalla sua isola, non getti l'ancora e non lo vada a trovare nella capanna.

Panèo, aiutami. Panèo, finalmente ti vedo. Panèo, credevo che tu non esistessi, che tu fossi una favola del sud.

A quei fortunati uomini che hanno conosciuto Panèo, chiedo di confermare quanto riporterò in queste pagine; ai troppi che ancora non sono entrati nella sua capanna, consiglio invece di cominciare a cercarlo, e che si servano dei miei appunti per intuire la sua infinita umanità ancora prima di incontrarlo.

Già, perché quando ti apre la porta in vimini della capanna, Panèo ti appare come uno dei mille pescatori del sud. Probabilmente, lo troverai che sta aggiustando una rete, o sta esercitando le mani rugose con una corda. Il suo nodo preferito è quello scorsoio, lo allunga o lo accorcia tra le agili dita da bambino: è composto da più spire, sempre in numero dispari, da un minimo di sette fino a un massimo di tredici.

«È un nodo ideale per le trappole», sorride Panèo, «l'opposto della testa, che aspira sempre alla libertà.» La sua testa, incredibilmente vicina e simile alla nostra. Per questo lui diventa amico e parente di chiunque lo avvicini con sincerità.

Lo potete trovare in ogni stagione Panèo. C'è sempre un giorno, anche nei periodi di vento e gelo, in cui il mare concede un sentiero d'acqua navigabile fino a lui. Insieme alla pazienza dell'attesa, però, deve restare vivo e limpido il desiderio di incontrare Panèo. Allora tutto si verifica, e le probabilità diventano certezze: a patto che il tuo spirito respiri con lealtà.

Del resto è proprio un respiro di pace che Panèo ti chiede appena ti siedi di fronte a lui.

«Inspiriamo ed espiriamo insieme, con calma, senza le accelerazioni inutili del continente», dice.

E tu ti plachi con lui: «Ancora, finché il vento si stanchi, e dalla superficie del mare scompaiano le creste di schiuma».

Poi, quando il tuo cuore batte regolare, in

sintonia con il suo, Panèo ti aiuta a parlare, a raccontarti dal profondo. Non gli importa se hai il conto in banca o sei randagio, se sei un manager o una donna di casa, un figlio o una madre. Davanti a lui ci si spoglia: non c'è maschera che lo possa ingannare. Dunque è inutile ogni presunzione o atteggiamento: questi funzionano e impressionano nella società delle apparenze.

Panèo è uno specchio di verità totale. Meglio approfittarne: quante volte sei riuscito a osservare il tuo volto nascosto? Ecco chi sei, chi siamo. Lo sa Panèo, lo vede e lo scopre Panèo.

Il suo metodo è quanto meno singolare. Uomo di mare, attento agli orizzonti, alle nuvole poggiate sulle montagne più lontane, sensibile all'aria che si riscalda o si raffredda da un'ora all'altra, lui ha disegnato sull'antica «rosa dei venti» i nostri principali sentimenti: quelli che ci fanno soffrire o ci esaltano, e come i venti mutano con il giorno e la notte, le stagioni, le lune. Da nord a sud, seguendo i punti cardinali e intermedi della bussola, i venti non si chiamano più scirocco o libeccio, tramontana o grecale: ma gelosia o passione, odio o entusiasmo. Come se la nostra vita fosse un viaggio nel mare, e la nostra barca fosse ogni volta sospinta da un vento nuovo, che ci fa cambiare rotta e spirito.

Dunque, con la sua «rosa dei sentimenti», Panèo legge la nostra esistenza interiore, e ci aiuta, ma con rispetto, nella misura in cui noi ci vogliamo fare aiutare. E se il destino fa navigare la nostra barca a suo capriccio, noi possiamo difenderci, lasciando andare le vele o timonando per correggere la direzione.

A prua della nostra barca spicca la «rosa dei sentimenti» di Panèo. Trecentosessanta gradi in cui ci ritroviamo tutti.

E adesso, ci sistemiamo in un angolo della capanna di Panèo: dietro questa nassa bianca di sale, e ascoltiamo. Ascoltiamoci.

Il grecale: l'entusiasmo

È UN ragazzo a torso nudo, in jeans, che si accovaccia proprio ai piedi di Panèo. Abbronzato, i lunghi capelli ricci e neri, Roberto ha un tatuaggio sul braccio sinistro: un delfino. Ha un fisico asciutto, e i peli, oltre che il petto, gli macchiano anche la schiena.

«Sono sceso da una barca di amici miliardari, loro non hanno bisogno di lavorare come me. Spendono senza senso. Siamo in crociera da due settimane, e a bordo non si è ancora visto un giornale. Vivono fuori dal mondo, e ci stanno bene. Ma io nel mondo ci devo vivere. Adesso arriva un altro settembre, e io non trovo ancora un lavoro. Continuo stancamente a studiare filosofia all'università, ma non posso farmi mantenere a vita da mio padre. Oltretutto mi sono innamorato di Stefania. Ha la mia età, ma almeno lei ha trovato un perché: fa l'assistente sociale. Ecco, forse è anche lei che mi fa sentire un fallito.»

«Da quale città arrivi?»

«Da Milano. Lo so che le possibilità di lavoro ci sono: ma io voglio restare me stesso. Ho fatto per due mesi il barista a Brera, ho anche dato lezioni di greco al figlio di un amico di mia madre. Ma dentro qualcuno mi dice di cercare altrove.»

«Sei eccitato, hai provato anche a drogarti?»

«Un anno fa. Ma per curiosità, volevo sentire quella sirena che diceva di sentire Antonello, il mio migliore amico. Roba leggera, in discoteca. Tu sei là, in mezzo alla gente, con la musica al massimo, e all'improvviso ti senti solo, appagato, con una sirena nei timpani. La prima volta è stata una sensazione stupenda. Poi la sirena ha cominciato ad andare e venire, e per ritrovarla ho dovuto raddoppiare la dose. Allora stop.»

«Dunque hai una grande forza di volontà.»

«No. Perché ho chiuso con la droga quando Antonello non ce l'ha fatta più. Se ne è andato in mezz'ora, nel gabinetto della discoteca. Allora sono tornato all'aria aperta, e una donna m'ha detto di te. Ho convinto i miei amici a buttare l'ancora nella baia. Poi ho nuotato fino a riva. Ma senza Tatù. È il mio cane, un bastardo che quando sono giù mi lecca le mani, mi dà una strana forza.»

«C'è un vento che soffia da nord-est, qui da noi lo chiamiamo grecale. Ma nel golfo del Leone è il gregal, e nelle Baleari è il guergal. Nelle stagioni fredde è violento, e spira sul Mediterraneo centrale e orientale. È un vento che se non ti copri fa male, entra nelle ossa. Nella mia 'rosa dei sentimenti' è il vento dell'entusiasmo: il tuo vento.»

«Ma come, se mi sento nel fondo d'un pozzo, se non vedo vie d'uscita, tu mi parli d'entusiasmo?»

«Vedi, il vento che ti spinge è troppo selvaggio perché tu lo possa imbrigliare. Per ora, è lui che comanda la tua rotta. Ti obbliga a non fermarti in nessun porto, non c'è boa dove tu possa sostare e riprendere fiato.»

«Dunque non avrò pace, e fino a quando?»

«Il tuo è il vento della curiosità, degli anni verdi. È troppo presto per cercare la pace. Ora hai smania di amici, amore, emozioni: ti sembra di soffrire. La vera sofferenza è un'altra: arriva quando né il grecale né un altro vento sospinge comunque in avanti la tua barca. Tu continua a cercare: quella voce che da dentro ti dice di insistere, è il miracolo della giovinezza, pensa che silenzio se all'improvviso lei tacesse. Ti fermeresti alla prima occasione qualsiasi, non avresti altra via di scelta. Finora, quello che hai fatto, nel bene e nel male, è frutto dell'entusiasmo. Persino alla droga ti sei dato per curiosità: per quella sirena tra la gente. Ma la morte di Antonello ti ha rimesso subito sulla rotta d'una ricerca consapevole, logica. Dunque la tua radice è pulita, non c'è l'ombra del marcio. Anche da me, oggi, arrivi con un entusiasmo che nemmeno tu sai spiegare con parole sensate. No, non è Stefania che ti fa sentire inutile: tu sei in realtà affascinato dalla sua scelta di assistente sociale. Vorresti provarci anche tu a tenere per mano un vecchio, a lavarlo, a raccontargli favole come fosse un bambino. Ma hai ancora troppa fretta nelle vene. Il tuo sangue scorre più veloce del tempo che continui a controllare sull'orologio che hai nel cervello.»

«E gli amici che ho sulla barca. Perché non hanno la mia fretta?»

«Loro non comprano il giornale per non sapere, per non doversi confrontare con realtà più difficili. Navigano, ma solo in apparenza: preferiscono restare con gli ormeggi ben piazzati sul fondo del mare. Per questo non possono e non vogliono avere fretta.»

«Perché dovrei crederti?»

«Com'è difficile, alla tua età, credere ad un uomo con troppi anni addosso. Li ho segnati sul volto, ma anche dentro, non so bene in quale angolo di ossa, di pelle o di spirito. Puoi giudicarmi noioso, conservatore, forse presuntuoso. Ma la vita ha un suo copione monotono e misteriosamente sempre nuovo. Le parole che ti affido oggi, tu puoi tentare di affogarle nel mare, di sopprimerle: ma torneranno a galla, tutte, quando il tuo grecale si placherà. Allora le raccoglierai, le asciugherai, una per una: e le farai tue, convinto d'averle salvate e inventate, e una per una riprenderanno forza vitale per aiutare qualcuno in difficoltà.»

«Allora l'entusiasmo è positivo comunque?»

«Quando tornerai in città, guardati intorno con occhi nuovi, in una strada, in un bar, in una banca. Puoi credere che tutta quella gente apparentemente normale, arrivata, appagata, non abbia sofferto fino in fondo il prezzo e le frustrazioni dell'entusiasmo? Anche per loro è soffiato il grecale selvaggio, e i segni, le cicatrici, le nascondono sotto la cravatta, o dietro un sorriso perbenistico.»

«Io non voglio perdere mai il vento dell'entusiasmo.»

«E allora sbuccia un frutto al giorno fino al

tuo ultimo giorno. Sorprenditi della freschezza e della verginità di ogni frutto. Poi divoralo, o dividilo con chi ami, con chi ti è amico. Devi essere tu a carezzare il muso di Tatù, senza chiedergli di leccarti le mani. Non aspettare il gesto di un altro per risvegliare il tuo entusiasmo. Precedi il sorriso, le strette di mano, le parole di conforto.»

«Da dove arrivi, Panèo?»

«Prima di te, ma dalla tua stessa madre: da un atto d'amore che non ho mai visto.»

«Lasciami qualcosa di tuo.»

Da un cesto di corde, fili sottili, e ami che ha accanto a sé, Panèo cava fuori pochi centimetri di lenza, la rotea intorno a un amo senza occhiello: la stringe più forte che può. «Questo è il nodo del cappuccino, lo regalo agli amici coraggiosi, che sfidano il mare senza la certezza di pescare la preda per la sopravvivenza. È tuo.»

«Chi è l'uomo con gli occhiali in quella fotografia?» chiede Roberto, indicando un portaritratti appeso alla parete sulla destra di Panèo.

«Mio padre. Voleva che io facessi l'avvocato. Mi sono anche iscritto all'università, ma il grecale dell'entusiasmo era più forte di ogni mio proposito, forse anche dell'amore e del rispetto che portavo per mio padre. Guarda che fine ha fatto l'avvocato Panèo. Sette esami, e poi una valigia in fretta e furia. Ma sempre con entusiasmo, senza pentimenti. Ora mi puoi giudicare, ridimensionare, mi puoi anche dimenticare.»

«Non potrò mai dimenticarti.»

«Anche questa tua affermazione è frutto dell'entusiasmo del momento. Mi ricorderai soltanto se non ti farà male e non scoordinerà l'equilibrio che raggiungerai. Quando la tua barca sarà nel porto, finalmente immobile, io rappresenterò un'onda fastidiosa e inutile.»

Dalla baia arrivano le grida degli amici di Roberto. Lo reclamano. «Giocano a cercarmi: non mi trovassero più sarebbe meglio. Resterei qui con te, potrei aiutarti ad aggiustare le reti, o a fare nodi per gli ami», dice Roberto senza più convinzione.

«Non è da te perdere anche per pochi istanti l'entusiasmo. Stai dicendo frasi di circostanza. La tua vita è in burrasca, sulla barca là fuori. Per restare in questa capanna è troppo presto: saresti un fallito come forse pensa la tua Stefania. Buttati in acqua, e nuota fino alla barca dei tuoi amici miliardari. Devi ancora sbagliare tanto e ancora di più, prima di chiedermi un letto, prima di aiutarmi a preparare gli ami del palamito.»

Roberto, d'istinto, osserva il tatuaggio, il delfino che salta sul suo braccio sinistro: «Dunque sono libero di provare ancora cento strade».

Panèo allunga una mano, e va a stringere il braccio del ragazzo proprio sul delfino. Quasi a trasmettere forza a quel tatuaggio di libertà.

Non servono più parole. Roberto si alza, fa un giro intorno a sé: fotografa fino nei minimi particolari la capanna di Panèo. Non tornerà mai più, lo sa lui, e soprattutto lo sa l'uomo della «rosa dei sentimenti». Chi vive di entusiasmo e di entusiasmi, preferisce una storia da camaleonte a qualsiasi patto con la routine. Così, mentre Roberto torna verso il mare, Panèo lo osserva dalla piccola finestra della capanna. Sussurra parole il pescatore, ma non riusciamo a decifrarle. Da come il suo occhio segue la corsa, il tuffo, la nuotata di Roberto, si direbbe che Panèo sia rimasto colpito da quel ragazzo: forse si rivede, selvaggio e insofferente, incontentabile e imprevedibile, quando a nemmeno vent'anni sperava in un mondo «nuovo ogni giorno».

Dai jeans alla cravatta, dalla cravatta ai jeans: il tentativo di civilizzazione apparente e il ritorno alla natura come unica via d'uscita.

Ma sempre sospinto dal grecale, dallo stesso vento che oggi fa sbandare e sognare Roberto.

Lo scirocco: la gelosia

VOLA il tempo nella capanna di Panèo: giorni, mesi, stagioni. Che fuori faccia freddo, te ne accorgi dal maglione di lana blu che lui si mette addosso. Le gambe restano nude, nei bermuda rossastri, e ai piedi porta sempre gli stessi sandali da francescano.

Come si trattasse di un giornale, lui fissa, legge per ore la grande bussola bordata di legno scuro: regalo di un amore troppo lontano per soffrire ancora. Sulla bussola di Panèo rotea la «rosa dei venti». Un giglio stilizzato indica il nord: deriva dalla «T» della tramontana. A est, alcune rose del levante portano sui petali una croce, che ricorda la Terra Santa.

Un uomo, invisibile a chi non sogna, vive nella bussola, proprio al centro del Mediterraneo, ha il volto di Panèo, e dà i nomi ai venti e ai sentimenti che fanno volare i suoi lunghi capelli: venti e sentimenti che soffiano a raffica da otto direzioni.

Ma non c'è tregua per cuore e mente di Panèo. Irrompe nella sua capanna una donna sulla quarantina, fasciata in un tailleur coloniale, i capelli lunghi e rossi scendono sulle spalle, e un paio di occhiali scuri non riescono a nascondere due occhi verdi da gatta. Ha una pelle biancastra e lentigginosa, e le labbra si muovono nervosamente anche quando non parla. Fuma e aspira dalla sigaretta con una smorfia di angoscia.

«Siediti, riprendi fiato, respira l'aria del mare, non la nicotina», dice Panèo.

«È vero, dovrei smettere, anche il medico si raccomanda sempre. Ma è più forte di me. Smetto di fumare, e poi? I problemi restano, e io dove metto le mani?»

«Provaci, aspira il vento di marzo. È il più vivo dei dodici mesi. Le onde si rompono contro gli scogli con allegria: come si liberassero dall'incubo del gelo, e cercassero i primi brividi della primavera.»

«Tu sei un poeta, libero: io sono una prigioniera, mi sento le manette nell'anima.»

«Come ti chiami?»

«Laura. Ma vorrai sapere anche il mio cognome.»

«Qui dentro devi sentirti più libera di me. Nessun cognome. Vorrei solo aiutarti.»

«Allora lasciami fumare, il tuo mare di marzo mi fa soltanto innervosire.»

«Sei libera di fumare quanto vuoi.»

Laura accende la sigaretta. Ma a testa bassa. Una, due boccate quasi con furore. Poi si siede sulla panca che sta sul lato destro della capanna. Per farlo, deve spostare un piccolo cesto pieno di scheletri di ricci marini: verdi e rosa, ma qualche spina nera non vuole morire ancora.

Laura fissa quegli scheletri per un istante, e finalmente parla.

«Non so da dove cominciare. Se dalla felicità del primo anno con Alessio, o dalla sofferenza di questi ultimi sei mesi. L'inizio è stato un sogno. Lui fa l'architetto. Insegna all'università di Roma. Mille regali, telefonate, fiori, eravamo io, lui e basta. Non mi importava se era sposato. Eravamo una coppia. Io sono divorziata da sei anni, e mio figlio Luca l'aveva già accettato come secondo padre. E Alessio arrivava sempre con un pensiero anche per Luca. Appena poteva, notte, giorno, domeniche e feste comandate, riusciva miracolosamente a trovare un'ora per me. Ero così eccitata, che avevo sempre fame, e tendevo a ingrassare. Dovevo frenarmi, la sua presenza mi esaltava la pelle, lo stomaco, il cervello.»

Laura si ferma. S'accorge di esaltarsi ancora soltanto nel raccontare. E lei oggi non vuole sentire nulla di positivo.

«Era un uomo giusto per te», dice Panèo, allungando una mano e prendendo dal cesto uno scheletro rosa di riccio: poi stacca due, tre spine che non vogliono ancora morire.

«Per un anno è stato l'uomo giusto. Poi ha conosciuto una studentessa d'architettura di nemmeno vent'anni. Me l'ha portata a casa all'improvviso. Ti presento Beba, una ragazza splendida dentro, mi ha detto. Da quel giorno è cominciato l'inferno. Si allontanava da me lentamente, ogni ora un pensiero di meno. Io mi sforzavo di non crollare: ho sempre odiato le scenate di gelosia. Ma era mio figlio Luca che mi accendeva i sospetti: 'Dov'è Alessio, perché ti lascia sola anche stasera?'. Era un tormento. Non volevo ridurmi a pietire le soluzioni da una maga a pagamento. Dovevo reagire soltanto con la mia testa. E così ho reagito cercando di farmela amica. Li invitavo a cena tutti e due. Accendevo la candela nel centro del tavolo, e fissavo Beba per ore. Studiavo i lineamenti del suo volto, la luce dei suoi occhi, il profilo, il sorriso. E la sua voce scandiva i tempi: alziamoci, ascoltiamo un po' di musica, adesso accompagnami a casa, Alessio, domani ho una giornataccia. Una sera li ho fotografati. Lui e lei. Appena ho ritirato quella fotografia al negozio sotto casa, mi è venuto un pensiero sbagliato, inutile. Ho fatto a pezzi il volto di Alessio, e ho conservato lei, con la sua luce e il suo sorriso di convenienza.»

«Tanta importanza a un pezzo di carta?»

«L'ho portato per mesi nella borsa, nelle tasche, di notte sotto il cuscino. Condizionava ogni mio gesto. A letto con Alessio, era un tormento. Più cercava di recuperarmi, più sentivo il soffocamento della gelosia. Due mani, non so di chi, mi stringevano il collo, e un'altra mi premeva sulle labbra, e altre ancora spingevano indietro Alessio. Cento mani anonime distruggevano ogni tipo di rapporto fisico.»

«Conosci lo scirocco? È il vento di cui sei schiava, il vento della gelosia. Arriva dal Nordafrica, dal deserto del Sahara. Una massa d'aria irrespirabile e calda, che offusca la visibilità e solleva foschie. All'inizio è asciutto, perché si genera dalla sabbia: ma poi sfiora il mare, si carica d'umidità, e colpisce le nostre coste con piogge spaventose. È un vento che finisce male, s'ammala e fa ammalare. Come la tua gelosia per Alessio.»

«Mio figlio non mi basta più. È quasi ingombrante. Parla, non smette mai di parlare e di fare domande. Dice anche che Beba potrebbe fare la top-model, perché ha un corpo meraviglioso. A volte penso che qualcuno ha voluto castigarmi, per avere tradito e poi lasciato mio marito. Ma quando l'ho fatto non conoscevo ancora Alessio. È stato un gesto necessario: la notte, quando spegnevamo la luce, e lo sentivo respirare pesante nel letto matrimoniale, mi sembrava di impazzire.»

«Ma chi ti può avere castigato?»

«Se c'è, un dio. Oppure i miei genitori dall'oltretomba. Oppure un malocchio, una vendetta del destino.»

«Sei libera di fumare, di tradire, di ricostruirti una vita, sei libera anche di essere gelosa, di farti trascinare dallo scirocco del Sahara.»

«Non sono libera di eliminare Beba dal mio cervello.»

«A qualcuno dobbiamo rendere conto.»

«Posso rendere conto a mio figlio, ma a lei no.»

«Quando un branco di tonni comincia a seguire la tua barca, al largo, tu non puoi fare altro che aspettare. Prima o poi si stancheranno, e scompariranno verso chissà dove. Ma fino a quel momento sarai costretta a vederli intorno alla barca, che ti scortano da prua a poppa: fantasmi d'acqua.»

«Ero convinta che la gelosia non esistesse. Non ho mai sospettato del mio ex marito. Lo lasciavo libero d'andare e venire da casa senza spiegazioni. È Alessio che mi ha come timbrata dentro. Sbaglia chi dice che la gelosia è una conseguenza necessaria dell'amore?»

«Chi lo dice non conosce l'amore e non conosce la gelosia. Sono due venti diversi.»

«Panèo, perché dovrei credere alla tua 'rosa dei sentimenti'?»

«Perché la tua storia, con il tuo vento, somiglia a quella di milioni di donne e uomini ammalati di gelosia.»

«Quando guarirò?»

«Dicono che i miracoli si verificano in un istante: scompaiono i tumori, torna la vista, si riprende a camminare. Ma in un istante. E in un istante guarirai anche tu, come si trattasse di un miracolo. In realtà, ti stai curando da mesi con le tue sole forze. Il pericolo della gelosia è che ti lascia in pace per giorni, ma poi riappare all'improvviso, più violenta e cieca di come la ricordavi.»

«Ho pensato anche di uccidere Beba.»

«Nello scirocco c'è qualche traccia di sabbia, che acceca, ti toglie la luce, i colori e gli orizzonti. Così ti sembra di vivere in due metri quadrati: tu con l'avversario, in un ring senza pubblico, in mezzo a un deserto. Uno dei due sarà sepolto sotto il ring: l'altro tornerà in mezzo al mondo. Sul ring, adesso, ci siete tu e Beba, e tu hai paura di sbagliare ancora una volta.»

«Se perdo questa battaglia, perdo tutte quelle che verranno dopo. E se sono qui, vuol dire che da sola le forze non mi bastano.»

«Hai parlato con Alessio come parli adesso con me?»

«Lui non ammette. Nega come un ragazzino senza spina dorsale. Mi delude ogni ora che passa. Ha meno coraggio di mio figlio Luca.»

«Vuoi riconquistare lui o la tua libertà?»

Laura non risponde. La domanda di Panèo è un circolo chiuso. Libertà vorrebbe dire sradicare il mostro della gelosia insieme alla figura di Alessio: mostro anche lui.

Panèo si alza lentamente: «Aspettami, Laura, torno subito». Ed esce, cammina verso la scogliera.

Laura lo segue con lo sguardo, si toglie gli occhiali neri per non perderlo di vista: ma lui scompare dietro il piccolo promontorio di sassi ed erbacce alte. Lei resta nella capanna, incuriosita: osserva una pinna di pescecane buttata in un angolo, i cestoni dei palamiti con la corona di ami infilati nel sughero.

C'è anche una specie di specchio dietro la panca di Panèo. È un triangolo di vetro, appeso alla parete: Laura avvicina il volto, e riesce a inquadrare un solo occhio. È arrossato. Piange da troppi giorni: ma è giusto, o meglio è serio, ridursi in questo stato per un'altra creatura che dà segnali di non capire, di non essere in sintonia? No, non è giusto e serio: e lei lo sa. Lo sapeva anche prima di arrivare qui da Panèo.

Ma quando la gelosia ti stringe al collo, ogni consiglio ti sembra logico, utile, provvidenziale. Ci si lascia andare con amici, su un treno, da un parrucchiere, con chiunque dia l'impressione di starti a sentire. L'occhio di Laura è rosso di rabbia e rancore. A infierire è stato l'orgoglio calpestato senza una ragione apparentemente valida.

Poi la porta della capanna si riapre: compare Panèo. Sul braccio destro, ha un polpo vivo, e stringe la testa con la mano, ma i tentacoli gli salgono fino al gomito. Laura lo osserva: non capisce, ma cerca un perché per questa scena.

Panèo le si avvicina, con il polpo viscido sul braccio. D'istinto, Laura si siede sulla panca: intuisce che il pescatore vuole sottoporla a una misteriosa prova. E così è. Senza parlare, Panèo strappa con la mano sinistra il polpo dal braccio destro, e mentre questo si apre a ombrello, lo lascia scivolare sulle ginocchia di Laura. I tentacoli del polpo s'attaccano alla pelle biancastra della donna, mentre la testa si gonfia e si sgonfia in un respiro regolare.

Poi la voce calma di Panèo, mentre la donna ascolta con un coraggio che nemmeno lei conosceva: «Ecco, la tua gelosia è un polpo, un mostro che ti sta succhiando energia. Vuoi liberartene?»

Laura fa cenno di sì con la testa, mentre con gli occhi gelidi osserva quei tentacoli viscidi.

«Sta' calma. Dal mostro della gelosia, come dalle ventose del polpo, ci si può liberare accarezzandolo, fingendo di sopportarlo, addirittura di amarlo. Solo così i suoi tentacoli s'allentano.»

E Laura comincia a fare scivolare le mani sulla testa e i tentacoli del polpo: vinto il primo istinto di ribrezzo, adesso lo accarezza animata da una forma di curiosità, da una voglia di libertà. E il polpo allenta la preda, i tentacoli lasciano le ginocchia, scivolano giù sui piedi di Laura.

Il mostro è spiazzato: cerca appiglio o stili nuovi, si distende fino al cesto degli scheletri dei ricci. È diventato un rifiuto, da mostro che voleva soffocare, ad ammasso di muscoli senza un piano negativo.

«D'accordo, la devo accarezzare la mia gelosia, devo fingere di amarla.»

Sono le ultime parole di Laura. Donna tradita, offesa, ma che non si è mai sentita così libera.

Il mezzogiorno: l'amicizia

DILUVIA. E quando non può uscire dalla capanna, Panèo ne approfitta per sfogliare vecchi libri di mare e di vento. È appassionato di alte e basse maree: provocate generalmente da luna e sole, ma anche dal solo vento.

Così, lui legge che «lo scirocco riesce ad alzare il livello del mare nella laguna veneta di parecchie decine di centimetri», o che «i venti orientali fanno alzare il Tamigi fino ad un metro e mezzo», o che «nel 1772, il vento provocò un innalzamento delle acque davanti alle coste olandesi di oltre tre metri».

Non capita un'anima nell'isola, quando diluvia come oggi. Eppure, il fiuto da pescatore di Panèo gli dice che qualche creatura è nelle vicinanze. Le persone particolarmente sensibili sono come i cani: che sentono in anticipo il terremoto o l'eruzione di un vulcano.

Si chiamano Margherita e Sandra le premonizioni di Panèo. Due ragazze sui trent'anni, che entrano nella capanna senza bussare, bagnate di pioggia. Dai due impermeabili lunghi e gialli, loro compaiono lentamente. Prima Margherita: i capelli cortissimi, pallida, occhiali da intellettuale, si passa le mani sul maglione azzurro, come lo volesse finalmente asciugare. Poi, esce dal guscio dell'impermeabile Sandra: lunghi capelli dorati, un sorriso da ritratto d'un pittore innamorato della vita, una maglietta bianca trasparente, stringe la mano a Panèo come lo conoscesse da sempre. Aspettano un cenno di Panèo: eccolo, e loro si siedono di fronte a lui, non parlano subito, e si tengono per mano, come per farsi coraggio. Per Panèo, le due ragazze hanno i corpi trasparenti, di vetro: lui riesce a leggere la loro sensibilità, il loro pudore. E allora il pescatore parte da lontano: «Ancora una notte così, e poi la pioggia ci lascerà in pace. In quest'isola non ha mai piovuto per tre giorni filati. Al nord, ci sono delle città del continente dove il sole sta nascosto per mesi».

«Noi arriviamo da una di quelle città grigie», dice ancora a testa bassa Margherita.

«Quel clima vi condiziona lo spirito. Lo raffredda, lo fa diventare timido», insiste Panèo.

«Noi lo vorremmo salvare lo spirito, siamo qui per questo», interviene Sandra.

«Come posso salvare il vostro spirito? Devo già lottare ogni ora perché non si soffochi il mio», dice Panèo.

Le due donne si stringono più forte le mani: avrebbero voglia di raccontare, di aprirsi.

«Conoscete il nodo del sangue?» chiede Panèo. «Noi pescatori lo usiamo per congiungere i fili più sottili di uguale diametro. Se il nodo riesce, la lenza, a vista, sembra un filo unico. Ecco, giurerei che voi siete legate dal nodo del sangue.»

Panèo capisce, intuisce: mette a loro agio le donne, e finalmente parla Margherita: «Siamo lucide, coscienti e nessuno ci ha costrette a venire da te. Ma non è facile spiegare quello che ci sta succedendo dentro».

La segue Sandra: «La gente ci fraintende da anni, dai tempi del collegio. Siamo amiche, amiche e basta. E siamo veramente unite dal nodo del sangue come dici tu. Viaggiamo da sempre sulla stessa lunghezza d'onda. La nostra amicizia viene prima di tutto e tutti».

«Fra un mese io mi sposo», interviene Margherita, «lo faccio dopo averci pensato mille e mille volte. È un uomo con quindici anni più di me. Sa ascoltare, rispetta le mie scelte, è discreto. Lo adoro.»

«La paura», dice Sandra, «è che questo matrimonio possa spezzare la nostra amicizia, o per lo meno inquinarla. Capisci?»

Panèo le scruta nel profondo. Il primo istinto è rispettarle, quasi ammirarle: per la pulizia totale di un sentimento generalmente così calpestato.

«Vi guardo come foste due pesci orientali e molto rari. Mio padre m'aveva raccontato di due amici scomparsi insieme in mare in una notte di burrasca: uno dei due poteva salvarsi, ma s'è buttato in acqua per salvare l'altro. E addio. Ma quello era un gesto estremo verso il buio. La vostra situazione è l'opposto, viaggiate verso la luce, e la seconda deve seguire la prima.»

«E allora perché stiamo soffrendo, perché sentiamo questo malessere della lontananza che arriva con il mio matrimonio?» dice Margherita.

«L'amicizia, nella 'rosa dei sentimenti', è l'ostro, il vento di mezzogiorno. Arriva da sud, porta via barche e gente, ingrossa il mare, ma scopre il sole. E dopo il suo passaggio, per cinque, sei giorni, non trovi più una nuvola in cielo. È un vento senza compromessi, senza avversari, che vince comunque. Di che cosa può avere paura la vostra amicizia?»

«È una sensazione di tormento, che non ci lascia giorno e notte», dice Margherita.

«Voi non lo sapete, ma vi siete accoppiate in forma totale, al di là delle leggi fisiche, e avete messo al mondo un figlio che si chiama amicizia. Ecco, la vostra angoscia è lui, che non può finire in mezzo alla strada, sballottato dalle maldicenze della gente. Il figlio-amicizia è in questa capanna, respira, vi ha seguito fino qui: lontano da una sola di voi due s'ammala, fino a morire.»

«Ma saremo costrette a vivere in case separate, a non darci più la buonanotte, a non parlare per ore della vita, dei sogni impossibili», dice Sandra.

Panèo osserva le loro mani che nel parlare si sono divise.

«Non vi tenete più per mano, e non ve ne siete nemmeno accorte. Ma intanto la vostra amicizia continuate a difenderla con i denti. No, non è il contatto fisico o la presenza che tiene in vita l'amicizia. L'importante è averla messa al mondo: e se non la tradisci, lei va oltre le vostre vite.»

«L'amicizia è amore?» chiede Margherita.

«Due anime amiche non conoscono la forza e la fragilità dei sensi. È la loro fortuna, perché giovinezza e vecchiaia si sublimano in un istante di infinita emozione. Il sesso ha la pelle levigata e le rughe, non può volare indipendente dal corpo. E non pensate che sia facile trovare un'amicizia come la vostra, infantile e consapevole, logica e fantastica.»

«La gente si scandalizza quando raccontiamo i particolari della nostra unione: ci considerano omosessuali, e ci rispettano come tali. L'unico che ha capito la totalità del rapporto, è proprio il mio futuro marito», dice Margherita, «e forse è anche per questo che mi sono decisa a sposarlo.»

«Nemmeno se foste sorelle, potreste vivere un'amicizia così profonda. Il sogno impossibile di ogni padre e madre, è che i propri figli si aiutino nel corso della vita, si proteggano a vicenda. Invece li dividerà sicuramente il denaro, la competizione esibizionistica del benessere. Sarei orgoglioso d'essere vostro padre», sorride Panèo.

Fuori ha smesso di piovere. L'istinto infantile spinge Sandra e Margherita a uscire, fino sulla riva del mare. E adesso giocano a lasciare le orme delle scarpe sulla sabbia bagnata. Va avanti Margherita: uno, due, tanti passi. E Sandra la insegue: ma deve poggiare la scarpa sulle stesse orme dell'amica. Quando inciampa, o salta un'orma, le due ragazze ridono e si prendono per mano.

Ma non erano arrivate qui da Panèo con lo spirito in stato d'asfissia? Qualcosa, dentro di loro, si è riequilibrato. Se ne accorge per prima Sandra, che adesso fa apposta a non centrare le orme di Margherita: «La nostra amicizia è una figlia femmina, è ancora vergine», dice.

Panèo, dalla capanna, le segue senza sorridere: affascinato nel profondo.

Quelle due amiche totali lo costringono a cercare e trovare una lettera, nella cassettiera degli ami delle grandi prede. Una busta ingiallita, con una scritta: «Panèo, leggila almeno una volta».

E mentre le risate lontane di Sandra e Margherita attirano i raggi del sole, Panèo legge una seconda volta quella lettera, a voce alta:

una voce che sembra appartenere a uno sconosciuto, curioso, capitato lì per caso.

«Caro Panèo, abbiamo diviso il pane e i libri, le bevute e il servizio militare. Quando leggerai queste mie parole, io sarò già a New York, con la donna che sai. Mi chiedo se sia giusto dividere un albero sano per farne due tronchi senza linfa. Ma tu non hai sopportato di perdere Josette. E così hai perso lei e me in un colpo solo. Ti chiedo perdono, anche a nome suo. Ma noi continueremo ad amarti fino all'ultimo giorno di vita. L'amicizia non può finire perché una donna sceglie uno dei due amici. Ti auguro di incontrare altra gente sana, come Josette, e lasciami azzardare, come il sottoscritto. Diventerai un uomo fino in fondo. E allora potrai raggiungerci a New York: ritroverai un amico per l'eternità, e una donna che adora il tuo animo. Il nostro indirizzo americano cambierà chissà quante volte. Ma ogni volta io lo comunicherò a mia sorella che sta a Roma. Ti amiamo, tuoi Leonardo e Josette.»

La voce di Panèo si spezza sui due nomi.

Ecco perché lui riesce a parlare dell'amicizia con quelle due ragazze là fuori: perché per salvare questo sentimento ha sofferto come un cane, forse per anni. Certo, anche per lui ha soffiato il vento di mezzogiorno: spazzando via le ipocrisie e gli ostacoli del perbenismo. Adesso non c'è traccia di rancore o di malinconia nello spirito senza erbe e fiori di Panèo-amico.

E pensa: mi ha fatto bene rileggere dopo anni questa lettera. Se non incontravo quelle due ragazze più pulite di me, non avrei più ricordato Leonardo e Josette.

Non lo chiederà mai Panèo, ma vorrebbe che le due ragazze si fermassero a vivere qui: a inseguire su quelle orme di sabbia la loro amicizia pura che comunque cambierà pelle, s'addolcirà, fino a diventare una telefonata al giorno, poi ogni due, poi per fissare l'incontro una volta la settimana. Poi un figlio per Margherita, e il tempo per incontrarsi sarà un lampo a caso. Ma l'amicizia sopravviverà, bevendo avidamente le sensazioni di quel lampo.

Del resto, anche l'amicizia di Panèo per Leonardo è miracolosamente intatta: mentre ripiega in quattro il foglio, lo rimette nella busta, richiude la cassettiera degli ami delle grandi prede. Mentre fa tutto questo lui prova una voglia infinita di cercare l'ultimo indirizzo romano della sorella di Leonardo. Ma rientrano le ragazze: i piedi scalzi e insabbiati, hanno lasciato le scarpe fuori dalla capanna.

«E allora lo faccio per davvero vostro padre», sorride Panèo.

Così, lui riempie d'acqua una ciotola che generalmente usa per le esche, fa sedere le ragazze, e lava loro i piedi. Uno per uno. Con la dolcezza d'un uomo che potrebbe avere messo al mondo dei figli. Loro due ridono, si divertono: quel pescatore fa tenerezza, quelle mani rugose danno sicurezza, hanno ucciso da anni ogni malizia.

Poi, con uno straccio che usa per la barca, lui asciuga i piedi di Margherita e Sandra.

«Non rovinate la vostra amicizia, non c'è motivo al mondo che possa distruggerla», dice ancora Panèo. Le due ragazze, non sorridono più: si guardano, avvertono che stanno vivendo un momento indimenticabile. Panèo, sognatore pagano, sta benedicendo la loro amicizia fino all'eternità.

Adesso il sole è tornato padrone del cielo dell'isola: illumina ogni angolo della capanna di Panèo, si riflette sul triangolo di specchio, e il raggio va a giocare con gli occhi di Sandra: «Ce ne andiamo», dice lei, «ma torneremo con chi ci sarà amico come te, chissà quando, ma ci rivedrai».

«Tornate, prima che io parta per sempre.»

«Uno come te è più forte della fine», dice Margherita.

«Vi ringrazio di esistere, voi e la vostra amicizia», sorride Panèo.

Ma mentre confessa queste parole che gli vengono da dentro, le ragazze sono già lontane, e salutano. Salutano fino all'orizzonte.

Il levante: l'indifferenza

Panèo sogna. Spesso. E non solo di notte. Approfitta della minima assenza di coscienza. Quando socchiude gli occhi aspettando che il pesce dia una scossa alla lenza che stringe tra l'indice e il pollice. O quando dalla capanna cerca di distinguere i gabbiani che giocano sugli scogli. Quasi li riconosca, uno per uno. Dà loro un nome, due nomi, e sogna. O ancora quando cala sul naso il cappello di paglia, e accecato dai piccoli fori di luce è costretto a chiudere gli occhi: un po' resiste, ma poi cede, e sogna. O quando infilza le esche negli ami del palamito. Sono quasi cento. Non c'è volta in cui Panèo non infilzi anche un sogno tra tutti quegli ami.

Lo fa sognare anche la musica. Dal continente, lui ha portato un mangianastri che ha solo il tasto del volume. Dunque i suoni escono dal piccolo altoparlante come il destino vuole. Una ventina di nastri accompagnano i suoi sogni: i Beatles, Ray Charles, Nat King Cole, Gershwin, Puccini, Satie, Louis Armstrong.

Nessuno che gli spedisca nuovi nastri, nessuno che glieli porti dal continente. Chissà, forse non pensano che Panèo abbia bisogno della musica. Non sanno che finito di apparecchiare il piccolo tavolo in legno stinto, con la tovaglietta gialla, le posate di plastica, e un piatto arabescato ritrovato in riva al mare, non sanno che prima di mangiare Panèo accende sempre il suo mangianastri.

Nat King Cole è la voce che più gli fa compagnia: «Mi ricorda quella d'un marinaio del porto di Marsiglia. Ma quello cantava senza accompagnamento: ci provava con una forchetta sbattuta contro i bicchieri da birra o da vino».

Ma il traguardo mai raggiunto da Panèo

resta quello di sognare da sveglio: «Essere attori in una seconda realtà soltanto tua: mentre la gente ti vede che stai leggendo un giornale, seduto al tavolino d'un bar, nel tuo nuovo mondo del sogno, tu sei sulle rive della Senna, che getti sassi in acqua, più lontano che puoi». Quanti sognatori, per il mondo, inseguono la seconda realtà di Panèo? Così, oggi lui s'è sdoppiato: e osserva la sua capanna da fuori. È seduto su un rotolo di corde per l'ancora, e poggia la schiena contro il tronco di un ulivo. La sua capanna è circondata da ulivi. Alberi con i rami che s'accavallano: nessuno fratello di un altro.

«Ogni ulivo ha una sua storia, un suo ritmo vitale, come noi uomini. Eppure i rami si toccano, si sfiorano, a volte si intrecciano: no, ogni ulivo ha le sue radici nascoste, le sue memorie. Come noi uomini, apparentemente accomunati in riti, divertimenti, traffico. Eppure mai così unici e soli.»

Pensieri di Panèo, che da fuori, oggi osserva la capanna di quello strano pescatore senza carta d'identità: eppure arrivano dal continente per ascoltare le sue storie. Qualcosa di diverso gli scorrerà nelle vene: una linfa misteriosamente sempre nuova, al di là del tempo e delle mode.

Ma sì, quell'uomo là dentro, è un indipendente, una delle ultime creature libere: e quanto gli costa la sua radice solitaria.

Passano le nuvole sull'isola di Panèo. E il suo sguardo gioca con i cirri, che disegnano ciuffi inquieti e sottili, o che s'innalzano come uncini rabbiosi, ma poi svaniscono in un respiro.

E il sole sta al gioco dei cirri e di Panèo: le ombre vanno e vengono, allungando gli ulivi, infuocando gli scogli. E anche facendo apparire un uomo sulla quarantina, elegantissimo, in pantaloni bianchi, mocassini di pelle nera lucida, e giacca blu. I capelli corvini, pettinati all'indietro, e uno sguardo che non penetra: che arriva a stento fino agli oggetti o alle persone, e si spegne.

A stento anche fino a Panèo, che s'è sdoppiato: «Sei qui per parlare con Panèo?» chiede all'uomo elegante.

«Lo conosci? Solo per togliermi un peso. Sullo yacht, da giorni non mi parlano che di lui».

«E cosa raccontano di lui?».

«Che accende le luci dentro gli uomini. È ridicolo.»

«E i tuoi amici, perché sono rimasti sullo yacht?»

«S'abbronzano, guardano il televisore, nuotano, non hanno voglia di farsi radiografare da un pescatore. Ma dov'è questo Panèo?»

«È fuori in barca. Lui ci vive col pesce.»

«Meglio così, non farò nemmeno lo sforzo di ascoltare i suoi vaneggiamenti.»

«Non sei curioso di guardarlo in faccia? Lui è strano, ti fa da specchio.»

«Allora non ha una personalità sua. Ti ritrovi solo con te stesso e basta.»

« E ti pare poco?»

«Io ci vivo da sempre solo con me stesso. Non ho bisogno di specchi umani.»

«Sei fortunato. Hai le risposte dentro di te.»

«Le poche volte che ho provato a fare domande, ho ricevuto risposte banali. Un monaco buddista, una prostituta, un frate dell'Umbria, un manager di successo, un randagio: conosco la vita perlomeno quanto loro. Nessuno mi ha indicato una strada nuova.»

«Hai avuto un grande dolore, vero?»

«Non sei Panèo, e non sono obbligato a risponderti. Ma hai la faccia che somiglia a quella del mio autista, e ti rispondo. La tua è già un'affermazione, come quelle che fanno le fattucchiere. Quale uomo, arrivato a metà della sua esistenza, non ha incontrato una sciagura, un lutto, un grande dolore? Ma quello che sono, io lo ero da prima, da quando portavo i pantaloni corti. Mi ha sempre annoiato il copione della vita. Troppo cerone e troppe lacrime. Meglio stare dietro le quinte: è già una fatica osservare. Non mi interessa l'applauso, semmai sarei onorato dell'insuccesso, dei fischi e degli insulti. Il verdetto è già dentro di me, prima di aprire bocca, prima di ascoltare.»

«Un amore l'avrai avuto. Una donna che ti ha scosso, carezzato l'anima.»

«Due le ho sposate. Ma i difetti della prima erano uguali a quelli della seconda. Ho preferito proseguire da solo: sono rimasto amico di tutte e due. Le vedo a cena, leggo il giornale nei salotti delle loro case, mi lavo ancora nei bagni che avevo fatto progettare da un mio amico architetto. Eccoli i due grandi amori. Sformati di spinaci, giornali e saponi all'olio di tartaruga. Quale carezza all'anima vedi in tutto questo?»

«Ti senti onnipotente o una pedina qualsiasi?»

«Non lo so. Non lo saprò mai: fare fortuna o finire in una strada sono due soluzioni possibili. Dipende dove ti senti meno a disagio. Così io resto fermo, aspetto le mosse degli altri.»

«C'è un sentimento che ti va alla perfezione: quello dell'indifferenza.»

«Ma tu non sei Panèo, come ti posso credere?»

«Io conosco bene Panèo, ho spiato i suoi incontri, so come ragiona. Lui ha inventato la 'rosa dei sentimenti'. Ogni uomo viaggia seguendo sempre lo stesso vento.»

«Ridicolo. Se io seguo quello dell'indifferenza, come sostieni tu, non è detto che per un motivo qualsiasi io non possa cambiare atteggiamento, e scegliere un altro vento.»

«Ma sei pronto a cambiare vento? Non è scomodo, faticoso, inutile?»

L'uomo elegante osserva Panèo: «Hai ragione, non cambierei mai il mio vento dell'indifferenza».

«Peccato che non c'è Panèo, perché sarebbe più preciso di me: ma se ricordo bene, il tuo è il vento del levante, che arriva da oriente, dai Balcani, dalla Turchia. È una massa d'aria di origine calda e secca. Poi si umidifica e fa nascere foschie dense, nasconde gli orizzonti, ti fa vedere poca terra e poco mare intorno a te.»

«Me lo descrivi come un vento lento e noioso, che non cerca i grandi respiri. Ma sì, qualcosa di me c'è in questo vento di levante. E così Paneo ci cataloga a tutti quanti, con un vento. Ma lui chi è, un dio?»

«Non è giusto che un uomo indifferente come te sia curioso di sapere chi sia veramente Panèo.»

«Hai ragione, io cerco le foschie senza orizzonti. Sbaglio a cedere anche per un solo istante.»

«Confessa che hai ceduto a qualche altro sentimento meno sterile.»

«Ho avuto un debole per l'alcol. Se ho ceduto, non me ne sono mai accorto. Dovresti chiederlo a qualche mia amante inglese, ai baristi di Londra: in quei pub mi sono ammalato di cirrosi.»

«Allora c'è un tuo doppione ubriaco che ti smentisce, si lascia andare, beve, sogna e forse si innamora.»

«Per ucciderlo ho smesso di bere da quattro anni. Adesso sto lontano dall'alcol, e sono cosciente della mia indifferenza in assoluta solitudine.»

«Dunque parlare con Panèo era inutile.»

L'uomo abbassa la testa ben pettinata. Lo sa bene che l'indifferenza comporta abissi di rinunce. D'accordo, dovrà fare a meno anche dello sguardo chiaro di Panèo, che è fuori a pescare.

«Tu hai il terrore di bere un bicchiere d'acqua di mare di Panèo. Su di te avrebbe l'effetto dell'alcol. T'innamoreresti della sua voce, dei suoi racconti di vita. Tradiresti il vento dell'indifferenza. Potresti soffocare in un istante di umanità.»

«Per questo evito di incontrare gente imprevedibile.»

«L'indifferenza porta persino al suicidio.»

«Lo pensano tutti quelli che dicono di conoscermi, ma nessuno me l'ha mai detto guardandomi negli occhi.»

«Se tu provi indifferenza, chi ti sta vicino è a disagio. Sei un elemento estraneo per qualsiasi progetto di vita diversa.»

«Ti confesso che ho provato a liberarmi dal vento dell'indifferenza. Ho provato con il televisore, che mi offre immagini spaventose, di bambini che muoiono di fame, di gente ammazzata in guerre inutili, di malati in carrozzella davanti a un santuario. Nulla. Il mio dentro resta buio e immobile. E niente luci, come dice Panèo.»

«Ti sei mai chiesto che sarebbe della tua sicurezza, se mentre osservi quei disperati nel televisore, ti scendesse una lacrima, una sola lacrima?.»

L'uomo si avvicina a Panèo. Gli si siede accanto, su un ammasso di pietre: non gli importa di sporcare i suoi pantaloni bianchi.

«Tu sei Panèo», dice sicuro, «perché mi hai voluto prendere in giro? »

«Io sono Panèo, ma ho preso sul serio ogni tua parola. E poi faccio come te, mi sdoppio: mi guardo da fuori per capire a che punto è la mia crescita, se sto impazzendo o se mi mantengo lucido in quest'isola lontana dal mondo. È un rischio che corro, come te quando bevi un bicchiere di whisky. Devo capire se Panèo dialoga ancora curioso con se stesso, se si mette in discussione, se riesce a convivere con la sua ombra.»

Adesso l'uomo in giacca blu tace. Avrebbe voluto registrare tutte le parole di Panèo. Cerca di ricordarle, fin dall'inizio, dal saluto, poi il vento di levante che arriva dai Balcani, la foschia: e adesso l'ipotesi di quella lacrima, quella prima lacrima di milioni di lacrime represse.

«Non posso chiederti di rinnegare il tuo vento. Posso soltanto stimolare quel poco o quel niente di curiosità che ti rimane dentro e che hai lasciato nel fondo del bicchiere di whisky. Resta nella scia del vento di levante: ma ammetti, almeno, che soffiano altri venti, con altri profumi, altre traiettorie di vita. Non sei unico e intoccabile come una statua di marmo. Hai arterie e un muscolo cardiaco che le irrora di sangue. Sei ancora vivo.»

«Avrei preferito continuare a bere, a sdoppiarmi e a riuscire a emozionarmi senza saperlo.»

«Ma la cirrosi?»

«Mi chiedo se nei letti d'ospedale stanno peggio di me.»

«Attento alla prima lacrima. Non accendere il televisore appena torni a casa.»

L'uomo si alza di scatto, e s'avvia verso la spiaggia. Lo aspetta una piccola lancia con un marinaio che a remi lo porterà a bordo dello yacht. Panèo rientra nella capanna. L'indifferente, appena sul ponte dello yacht, chiede un bicchiere di whisky. Senza ghiaccio.

Il maestrale: l'amore

PANÈO, da dove e da chi ha rubato i segreti dei sentimenti? Nessuno ha mai avuto il coraggio di chiederglielo. E lui rimane con la sua maschera di rughe disegnata dal vento, sfinge: però umana, attento anche alla più leggera brezza.

Non è un caso che Panèo rilegga ogni notte, prima d'addormentarsi, quello che scriveva il padre domenicano Alberto Guglielmotti. Nell'Ottocento, questo raccontava i sussulti del mare con infinita dolcezza: «Venga ora una bava di vento. Il mare muta colore: ecco qua e là le macchie larghe, a screzi, più scuri e più chiari. Sembra un drappo broccato di seta azzurrina a grandi fiorami, di tratti leggeri a chiaroscuro. Si muove il primo pelo d'acqua, e i marinai dicono che ell'è chiazzata e broccata».

È come, per un uomo del continente, leggere una poesia. Panèo ci crede e ci sogna con il linguaggio del mare. Una volta Panèo scrisse su un biglietto: «Scendendo con lo sguardo dal sole di mezzogiorno, il cielo finisce e comincia il mare, l'aria si fa acqua, gli azzurri si confondono».

Panèo ama quell'attimo miracoloso in cui cielo e mare si travasano energie. Nessuno dei due è maschio o femmina, eppure dalla loro unione nasce il brivido di vita che fa respirare lo spirito di Panèo. Ecco perché lui è profondamente felice quando può aiutare qualcuno ad amare, ancora di più, gente, cose, e natura.

Del resto è per amore che Panèo s'è ritirato su quest'isola. Lui parla di amore per cielo, mare, nuvole, gabbiani: ma poi in una lettera ingiallita spunta una donna finita a New York con il suo migliore amico. Oggi lui è un saggio, può consigliare: ma resta uno di noi, più coraggioso di noi, un uomo che per amore ha rivoluzionato il mondo senza vie di ritorno.

È la sua scelta totale che affascina e spaventa. Da una parte uno vorrebbe imitarlo, dall'altra non sa e non può rinunciare alle piccole, immense cose d'ogni giorno. Anche a quelle più innocenti. Di Panèo, ne nasce uno ogni miliardo di uomini. Ma sapere che lui esiste, che lui non rinnega la scelta delle stelle e non rimpiange le luci del continente, ci placa: sappiamo che nell'animo umano c'è spazio e ossigeno per una creatura come Panèo. Saremo poi noi a nasconderlo, evitarlo, cercarlo nel mare.

Trovarlo fisicamente, sull'isola di Ulisse, ci dà la certezza della sua esistenza. Ma lui parla ogni notte dentro di noi, basta fare tacere le mille voci della giornata passata a inseguire gloria e denaro. Lui c'è. A volte, siamo più certi della sua esistenza, che della nostra: la nostra che s'appanna, si confonde tra le gelosie e le ambizioni, viene quasi strangolata dalle mani invisibili della competizione.

Meglio tornare sulla sua isola del sud. Dove le troppe parole si semplificano, fino a perdersi nella «rosa dei sentimenti» di Panèo. Oggi, lui sta camminando sulla riva del mare. Passano gli anni, ma non perde la voglia di cercare conchiglie sulla sabbia, lasciate dalle onde più lunghe della notte. Per lui, trovare una conchiglia bianca e a tre punte come quella di stamattina, è un buon segno: come se noi del continente raccogliessimo un quadrifoglio in un prato.

Tre ore di cammino gli bastano per fare il giro della sua isola: per ritrovarsi di fronte allo scoglio biancastro che in linea d'aria è a cento metri dalla sua capanna. E proprio allo scoglio biancastro, s'è legato il gommone grigio di due ragazzi.

Lui e lei, poco più di vent'anni: stanno nuotando liberi come due delfini, si sfiorano, giocano a farsi il solletico sott'acqua, si prendono per mano, raggiungono la riva lasciandosi trasportare dalla schiuma delle onde.

«Mi cercavate?» chiede d'istinto Panèo.

«No, perché non sappiamo chi sei», risponde il ragazzo sdraiato sulla sabbia.

«Allora siete capitati qui per caso.»

«Ci piace provare sensazioni nuove, magari anche conoscerti», interviene lei, che invece s'è messa a sedere proprio dove si rompono le piccole onde.

Panèo li osserva attentamente: tra le dita delle loro mani, spicca e luccica l'oro delle fedi matrimoniali.

«Siete in viaggio di nozze?» chiede Panèo.

I due ragazzi si guardano meravigliati, e anche un po' divertiti: chi è quello strano individuo che li ha fotografati così in fretta?

«Centro. Abbiamo affittato una barca da pesca con altre due coppie di sposi. La vedi, è là al largo, prima della secca», dice il ragazzo.

«Benvenuti sull'isola», dice Panèo.

«Parli come se l'isola fosse tua. E come si chiama questa tua isola? Sulla cartina nautica non è nemmeno segnata», sorride il ragazzo.

«Qui s'è fermato Ulisse con i suoi marinai. Nessuno l'ha mai battezzata. Ma siccome ci abito solo io, la chiamano con il mio nome: l'isola di Panèo.»

«Quanto l'hai pagata? Se ti puoi permettere di comprare un'isola, qualche miliardo lo possiedi», dice la ragazza.

«Ci sono capitato come voi stamattina, per caso, con una barca da pesca: una burrasca mi ha costretto a dormirci per un paio di notti. Mi ci sono affezionato, e non l'ho più lasciata.»

«Sembra una favola», ride la ragazza, «e i tuoi parenti, i tuoi amici, nessuno ti è venuto mai a cercare?»

«All'inizio qualcuno ci ha provato, ma poi hanno capito che la mia scelta veniva da dentro, e hanno avuto rispetto della mia decisione.»

«Come i nostri genitori. Anche loro hanno provato a smontarci. Ma quando hanno capito che noi due ci amavamo sul serio, si sono ritirati in buon'ordine. Fatti vostri, e auguri, ci hanno detto. Siete così giovani che potete separarvi e risposarvi mille volte. Loro non capiscono, non possono capire quello che c'è tra me e Barbara.»

«Posso buttare là una parola come fosse una rete in un mare aperto? C'è amore, soltanto amore», dice Panèo.

«Perché l'hai pronunciata in quella maniera strana la parola amore?» chiede Barbara.

«Perché è la parola più delicata e forte della nostra vita. Per lei, con lei, in lei, tutto è possibile.»

«Anche lasciare il mondo e nascondersi sull'isola di Ulisse?» chiede lui.

«Anche. Ma questo è niente in confronto alla sua purezza.»

«Mi presento, perché sei matto come un cavallo e mi sei simpatico: sono Lorenzo», dice il ragazzo, «ho appena preso la laurea in sociologia, lo stesso giorno in cui Barbara s'è laureata in psicanalisi.»

«Allora avete letto libri importanti, devo stare attento a come mi esprimo, usare parole sempre appropriate.»

«La parola amore, l'hai usata alla perfezione. Io e Barbara ci amiamo: tutti gli amici ridono quando diciamo che non ci lasceremo mai, perché l'amore vero tende all'eternità.»

Panèo osserva la ragazza: i capelli lunghi e biondi cominciano ad asciugarsi al sole. Le labbra sono leggermente gonfie, il viso è regolare, ma gli occhi nascondono qualcosa: «Ci credi sul serio all'eternità dell'amore?» le chiede Panèo.

«Ci credo se sapremo difenderlo: già in barca, venendo qui, uno dei due ragazzi a bordo mi guardava in un modo strano. Lorenzo non se n'era accorto, ma io sì. Siamo sposati da trecento ore, e già qualcuno vorrebbe ferire il nostro rapporto.»

«Brava», risponde Panèo, «l'amore è lotta attimo dopo attimo. Non si è mai così deboli come quando si è veramente innamorati. Forse perché i nostri sensi più profondi sono eccitati, scoperti come fili elettrici, e non conosciamo nessun mascheramento. Se ne accorgono tutti che siamo innamorati, amici e nemici, ma anche certe creature che raggiungono l'orgasmo mentale nel distruggere i sogni e le illusioni di chi ama senza condizioni. Tu Barbara hai l'anima nel sorriso quando guardi Lorenzo, e lui ti fa da specchio di totalità.»

«Ci amiamo quando ci sfioriamo, quando ci divide la società, ci amiamo notte e giorno: e se lei dimentica una carezza se ne accorge prima di me.»

«Ci amiamo qui davanti a te, Panèo, e davanti a chiunque si metta sulla nostra strada. Certo, ci accorgiamo d'essere quasi ridicoli, criticabili se vuoi, ma il sentimento ci prende ogni cellula del corpo, e se di cellule è fatto, anche quelle dello spirito», dice Barbara.

«Dunque esistono ancora coppie che non si fanno condizionare da un mondo dove tutto deve essere spogliato di emozioni, di abbandoni, di autodifese», dice Panèo parlando quasi a se stesso, «ma chi vi ha inventato, chi vi ha mandato su quest'isola?»

«Poi ti lascio il mio biglietto da visita: ho già fatto stampare la scritta 'dottore'. Con tanto di indirizzo e numero telefonico. Esistiamo, siamo in carne e ossa, e se capiti a casa nostra, a Firenze, ti possiamo offrire un letto e un piatto di pasta», sorride Lorenzo.

Panèo lo ascolta, ma osserva ancora gli occhi misteriosi di Barbara, che adesso si è sdraiata sulla sabbia calda, e chiede nuove energie al sole. «Tu sei incinta», azzarda Panèo, «tu aspetti un bambino da uno o due mesi.»

Barbara non si scompone, volta lo sguardo verso il pescatore, e fa cenno di sì con la testa avvolta dai lunghi capelli oramai completamente asciutti.

«Innamorati con un figlio in arrivo», risponde Lorenzo, «come da manuale della coppia perfetta. Eppure noi non ci troviamo niente da ridere. Anche se i quattrini sono pochi, non abbiamo pensato un solo istante all'aborto di Barbara.»

Adesso Panèo osserva lui. Un normale fisico da studente, con muscoli quasi inesistenti, un volto pallido che non riesce ad abbronzarsi, ma due occhi che pungono il presente e il futuro come lame affilate sicuramente da ideali ben radicati, ereditati da parenti che non hanno rifiutato o evitato le sofferenze della vita.

«Anche dire no all'aborto è un atto d'amore senza calcoli», spiega Panèo, «adesso ci sono esami che ti dicono se verrà al mondo una creatura sana o con dei difetti, e alla prima decisione del concepimento, s'è aggiunta la seconda: se fare respirare un corpo imperfetto o soffocarlo prima che cominci a soffrire.»

«Vuoi proprio scavare nel nostro rapporto», si difende Lorenzo, «ma con quale diritto? Non ti conosciamo, non puoi trapanare i nostri spiriti.»

«Ci mette alla prova», interviene Barbara, «ci provoca. Vuole capire se le radici del nostro amore sono sane. O già cariate, marce di compromessi.»

«Mi fate sentire in colpa. Posso ritirarmi anche subito, tacere o parlarvi dei pesci dell'isola: le ricciole sono così sane qui, che saltano fuori dall'acqua, e le murene arrivano fino a terra per cercare amore: scusate, ho inciampato ancora nella parola amore.»

«Forse perché ne hai bisogno tu, quanto o più di noi», dice Barbara, che a differenza di Lorenzo è curiosa di sentire parlare quello strano pescatore, quel folle padrone dell'isola di Ulisse.

Lorenzo, intanto, s'è avvicinato alla moglie, le poggia una mano sulla pancia, sorride, poi la bacia in fronte.

«Sembrate finti, inventati da un poeta un po' antiquato. Ci sono milioni di coppie come voi, che si nascondono nell'anonimato delle case: non spargono la notizia che l'amore puro sopravvive alle violenze della società», dice Panèo. «Tu, Lorenzo, rispetti tua moglie, ma ti viene naturale, spontaneo: pensa che ci sono milioni di mariti, sul pianeta, che faticano a lasciare lo spazio vitale alla propria compagna».

«Saresti stato un marito ideale, conosci i meandri dell'unione tra uomo e donna. E allora perché te ne stai qui, solo come un cane?» chiede Lorenzo.

Panèo accusa il colpo. Ma preferisce continuare a portare il misterioso peso dentro di sé, piuttosto che farne partecipi individui con il diritto a non soffrire, né per lui né per altri.

«Sono un cane, che però fiuta i venti: e su quest'isola sperduta li riconosco, li sento in anticipo, li studio e li paragono ai sentimenti dell'uomo. Il vostro, quello dell'amore, è il maestrale. Nel golfo del Leone lo chiamano mistràl. Insieme alla bora, è il vento che può raggiungere una velocità folle. Soffia da nord-ovest, in tutte le stagioni: ma è più furente in inverno e in primavera. Può portare bel tempo ma anche tempeste con grandi nuvole a forma di mandorle. Qui in Italia, nella stagione calda, soffia regolare, fra le otto e le nove del mattino, e si rinfresca alle due e alle sei del pomeriggio. Il maestrale è il vento che vi accompagna in questo periodo della vostra vita.»

«L'amore dà o toglie le forze?» chiede Barbara.

«Per assurdo», risponde Panèo, «amare ciecamente non vuole dire essere riamati da un'altra creatura.»

E qui Panèo abbassa la testa, sentendosi per un istante protagonista: e lui questo lo vuole sempre evitare. Poi continua: «Dare le forze, al di là delle proprie forze: questo è amare. E per miracolo, tutta l'energia, che al tramonto ti sembra esaurita, all'alba successiva si rinnova, la ritrovi intatta nel labirinto del tuo spirito».

«Sai, nemmeno il prete ci ha fatto questi ragionamenti. Ha seguito il rito, ci ha augurato buona fortuna, ma non ha scavato dentro di noi», dice Barbara.

«Anni fa, mi è capitato di lavorare, mentre studiavo, a un luna-park di Roma. Io ero alla cassa. La gente comprava il biglietto, e aveva la libertà di entrare, di giocare dove voleva, di rischiare sugli autoscontri o di distrarsi al tiro a segno. Bambini e sognatori andavano sui cavalli bianchi delle giostre. Con quel mio biglietto, si regalavano emozioni. Anche il prete che vi ha sposato vi ha dato un biglietto d'entrata nel mondo dell'amore ufficializzato e benedetto: sta a voi scegliere l'azzardo del giorno per giorno, o l'utopia del per sempre. Ogni sua raccomandazione sarebbe stata un'interferenza sulla libertà di come amarvi.»

«Perché la gente non crede più all'amore sulla giostra dei cavalli bianchi?» chiede Barbara.

«Ci sono individui che nemmeno di fronte all'amore più sconvolgente hanno la forza di perdere la propria presunzione, di piegare al sentimento la propria personalità. Si sentono ridicoli a ritrovarsi con un fiore in mano, e perciò ridicoli sono tutti quegli innamorati che cedono a quel fiore. Cose da ragazzi, dicono questi esseri superiori alle sdolcinature d'amore. Come se questo sentimento avesse un documento d'identità. Come se i ventenni avessero la libertà di lasciarsi andare: e poi, con gli anni, diventasse una forzatura, un'esasperazione deprecabile.»

«È vero che amandosi totalmente, si riesce ad amare di più l'altra gente che ti sta intorno?» chiede Lorenzo.

«Soltanto se vi amerete senza ipocrisie,

potrete avere il coraggio di adottare un figlio, o di aiutare gli anziani. L'amore è il primo anello di una catena senza fine. Amore chiama amore: come quando intorno all'isola io vado a pescare gli agoni. S'accorgono che il primo e secondo abboccano alla mia lenza, eppure altri cento finiscono sulla mia barca. L'amore s'allarga a macchia d'olio, e anche quelli che s'atteggiano a scettici, una volta tornati nella loro solitudine d'un letto o d'un televisore che va nella notte senza volume, anche loro si ricordano di voi due, che vi amate come non si potrebbe più amare nell'anno duemila.»

«E quando l'amore finisce, come te ne accorgi?» chiede Barbara, fissando negli occhi il marito, quasi a voler cogliere il minimo movimento del suo volto, mentre Panèo le risponde.

«Innamorarsi è un istante. Ma per capirlo, a volte occorrono mesi, addirittura anni. La pallottola positiva ti ha colpito al petto, provocandoti vita nuova, ma tu cominci a sentirne i benefici al rallentatore. Ci si innamora di creature che vedi una volta sola, o che conosci da sempre. Ci si innamora a dispetto degli altri, persino di te stesso. Perché l'indipendenza è una boa: ben ancorata, dove possono legare le corde barche di lusso, da pesca, gommoni come il vostro. Ma nessuno può contare su quella boa per più di qualche ora. Così, lei resta di nuovo apparentemente sola, ma in realtà indipendente. All'improvviso un'imbarcazione a caso si lega alla boa, e non riesce più a riprendere il viaggio. Barca e boa, diventano una cosa unica. Senza un motivo preciso, senza premeditazione. Perdonate il mio linguaggio, ma cose e persone del continente diventano più vere nel mare di un'isola. Qui è impossibile recitare una parte che non è scritta per te. Tu mi chiedi come finisce l'amore. Sempre in un istante: quando ti esce dal petto quella pallottola positiva, ma anche stavolta tu lo ammetti per gradi. E credi che sia per non fare soffrire la creatura che lasci, in realtà sei tu che devi fartene una ragione, abituarti all'idea del distacco. Non ci si stanca mai lentamente della persona che ami: che tutto è finito, lo sai in anticipo, da molto tempo. Ma l'abbandoni soltanto quando il sentimento è sotto terra. Tu Barbara lo sai già qui, su quest'isola, se quel niente che oggi ti infastidisce di Lorenzo, domani può essere l'elemento scatenante della fine. E a specchio, la sensazione vale per Lorenzo nei tuoi confronti. Già chiedermi 'quando l'amore finisce, come te ne accorgi?' è un primo, impercettibile passo verso l'insicurezza.»

«Sei esagerato, l'amore non è una combinazione chimica con reazioni prevedibili», interviene Lorenzo.

«Eppure certi scienziati sostengono che l'attrazione tra due individui è proprio una reazione chimica contro la quale hai ben poco da discutere.»

«Non è da te, Panèo, ridurre un sentimento infinito come l'amore a combinazione chimica», dice Barbara.

«L'amore è tutto: progetto e sogno, follia e pace, e forse anche chimica. Per noi pescatori, l'amore è anche un nodo, che si chiama gassa d'amante. È il nodo più conosciuto e più importante dell'arte marinaresca. Non scorre, e non si scioglie, non si stringe troppo, e non è difficile scioglierlo quando il cavo non è più in tensione: proprio come l'amore. È usato per fissare un cavo a un oggetto. I marinai lo usano per issare, congiungere, recuperare.»

Barbara, mentre il vento scherza con i capelli, adesso sta osservando la propria pancia. Il figlio. Il domani: «Quante parole», dice, e la sua fantasia è lontana, proiettata chissà dove, con questo figlio per mano, che le fa mille domande, come oggi lei le fa a Panèo.

«Forse l'amore è una scommessa contro gli scettici: vogliamo dimostrare che è possibile tenersi per mano quasi un secolo, come ci raccontavano i vecchi di casa, come tu sogni per noi due, Panèo», sorride Lorenzo. Ma dal largo, arriva un secondo gommone grigio: a bordo remano e gridano le altre due coppie in viaggio di nozze. Giovani, sane, con i sorrisi candidi: adesso quelle creature, con una macchina fotografica, vogliono convincere Panèo prima a posare accanto a Barbara e Lorenzo, e poi per altri scatti vicino a loro.

Gli sposi che ridono, si passano cappellini di paglia da una testa all'altra, chiedono d'essere fotografati di profilo, in acqua, con la conchiglia bianca a tre punte di Panèo tra le mani.

«Avete parlato per mezz'ora, ma che vi siete detti?» chiede uno dei due mariti del secondo gommone, «adesso il pescatore misterioso deve raccontare le favole anche a noi. Una per coppia.»

Panèo si riappropria della conchiglia bianca, quasi a chiederle forza e pazienza. Non è un attore o un buffone, che sciorina aneddoti su richiesta. Lui parla quando s'accorge che chi gli sta davanti ha bisogno di capire, di crescere, di ritrovarsi. Ma questa è una richiesta di spettacolo, e lui non ci sta.

«Parliamo d'amore», prende fiato Panèo, «ma non di quello gridato, fotografato, senza pudore. Barbara e Lorenzo parlavano da innamorati che volano alto: loro hanno il mondo tra le mani. Io in mano ho solo questa conchiglia e non volo da troppo tempo: ma ascoltando centinaia di uomini e donne che sono capitati su quest'isola, mi sembra di riuscire ancora a capire l'amore, di riuscire a captare il suo profumo, che arriva dal continente con voi, con il maestrale. Io amo chi è solo, chi non conosco ma è solo. Sento che migliaia di creature, nelle vostre città, sono sole. Ecco, dite loro che le amo, tutte. Chissà quante ne conoscete, quante vivono nei vostri palazzi, forse nelle vostre stesse famiglie, e quante ne incontrate negli uffici, nelle metropolitane, nei bar. Offrite loro un caffè, qualcosa da bere, e raccontate di Panèo: io le amo da lontano una per una, e le aspetto, prima che il mare non mi porti via, prima che il mio corpo non sia carcassa bianca, come questa conchiglia. Del resto, è meglio amare migliaia di persone: almeno qualcuna ti ricambierà il sentimento fino in fondo. Tornate sulla vostra barca, ragazzi, e che nessuno di voi provi un briciolo di pena per me: sbaglierebbe, davvero, sbaglierebbe tutto. Vi chiedo soltanto un favore. La sincerità. Amatevi finché c'è amore. E rispettatevi quando è finito l'amore. È troppo penoso tradirsi. È come se io, da domani, andassi a pescare con una lenza senza esca. Ingannerei i pesci, il destino, ma soprattutto me: e morirei ben presto di fame, mi spegnerei. Questo me lo dovete giurare, per amore. Qua le mani.»

E uno per uno, i ragazzi appena sposati sfilano davanti a Panèo, gli stringono la mano più forte che possono.

«Ma non è un addio», dice Barbara, «torneremo, in qualche modo, torneremo.»

È l'ultima e l'unica a parlare con sincerità: e forse è per questo che Panèo le affida la sua preziosa conchiglia bianca a tre punte.

La tramontana: l'odio

C'È un solo vento che rende nervoso Panèo. La tramontana. Un'immensa lingua invisibile, che passa viscida dal nord, e sfiora terra, mare e nervi degli uomini. Non è un caso che, nella sua «rosa dei sentimenti», Panèo abbia visto nella tramontana il sentimento dell'odio. Non la prevede, non è mai pronto a difendersi quando lei soffia. Chiude porte e finestre, si copre di lana e giacche impermeabili: lei gli entra comunque nelle ossa. Proprio come l'odio. Il sentimento più misterioso e spietato che si abbatte sulle persone che spesso non lo meritano, o meno se lo aspettano.

Non ha mai sopportato la tramontana Panèo. Quando comincia a soffiare, lui deve tirare su in fretta il palamito in barca, e rientrare a riva. Anche i pesci, con la corrente vorticosa provocata dalla tramontana, preferiscono rintanarsi, e non abboccano nemmeno dopo il tramonto.

Sui sentimenti, Panèo ha buttato giù centinaia di pagine d'appunti, da quando s'è ritirato sull'isola di Ulisse. E qualche foglio l'ha dedicato, controvoglia, anche all'odio.

Parole che ha faticato a trovare: «Perché l'odio», scrive, «è uno dei sentimenti-malattia più frequenti dei nostri giorni, ma io osservo chi lo coltiva come si trattasse di un alieno. Ci sono persone che usano l'arma dell'odio per farsi largo, e annullare le forze di altri individui che considerano avversari, in competizione. Alla base di chi odia, c'è forse la paura di non riuscire a emergere, di non poter essere sempre e comunque protagonisti. Abbatto la creatura nemica e mi faccio avanti, e adesso tocca solo a me».

Oggi soffia il vento dell'odio, e Panèo s'è

lasciato andare sulla sedia a sdraio che tira fuori dall'armadio in due occasioni: quando ha la febbre, e quando imperversa questa maledetta tramontana.

Ironia della «rosa dei sentimenti»: la tramontana è quasi un prolungamento del maestrale, che è il vento dell'amore. I due sentimenti opposti si sfiorano anche sulla bussola mentale di Panèo. Non è un caso. Un istante prima di intascare i trenta denari, Giuda amava o diceva d'amare Cristo: un attimo dopo il tradimento, l'odio ha invaso il suo spirito.

Scrive ancora Panèo: «Bisogna accettare i luoghi comuni quando si tratta di sentimenti. L'odio rasenta l'amore: anche lui, come il suo opposto positivo, ti travolge, ti condiziona ogni gesto, ti fa mancare l'ossigeno se non raggiungi il tuo scopo. E se in amore lo spettacolo più radioso è vedere sorridere il proprio partner, nell'odio la soddisfazione intima è assistere alla disperazione dell'avversario, al suo tracollo, al suo panico totale».

Panèo possiede un fiuto da pescatore: e quando lo squalo passa sotto la sua barca, lo sente, avverte la sua presenza. Sa che basta immergere una mano in acqua, perché il mostro salga in un istante in superficie, a mozzargliela.

Ecco, per Panèo, il sentimento dell'odio prende sangue e vita nello squalo. In agguato sotto la barca della vita, che aspetta un gesto avventato di Panèo, una distrazione, per divorarlo.

È strano, ma oggi, seduto nella sua capanna, il pescatore ha i nervi tesi, prova un brivido alla schiena: come se lo squalo dell'odio fosse vicino, invisibile, ma a pochi metri da lui. Si rende conto che è impossibile, perché è sulla terraferma: ma la sensazione di disagio è la stessa.

D'istinto, Panèo si alza e va ad aprire la porta della capanna: no, non è solo. C'è davvero uno squalo sotto la barca: è una donna alta e magrissima, che appoggia la schiena a un pino, e lo fissa con due sottili occhi a mandorla. È tutta vestita di grigio. Pantaloni e maglione. Ha i piedi scalzi, e i capelli tinti di rosso sono raccolti dietro la nuca. Non ha età. In una mano stringe una sacca di plastica gialla. Tace. Non saluta e non chiede di entrare, anche se la tramontana gelida piega sempre di più le cime degli alberi, fa sbattere la porta alle spalle di Panèo.

E allora è ancora una volta lui, a tendere la mano: «Vieni dentro, è quasi il tramonto, ti dò qualcosa da bere».

La donna lascia il pino, e accetta l'invito. Cammina a scatti, è nervosa: una ventata più forte la spinge dentro la capanna.

Porta e finestre chiuse: la luce viene da tre candele. Una sulla tavola, dove ci sono una bottiglia di vino bianco e due bicchieri, una sotto il ritratto del padre di Panèo, e una vicino alla pinna di pescecane.

Ogni gesto del pescatore ha un suo senso, e se non lo capisci, un suo mistero.

«Quando sei al largo con la barca che sbatte sulle onde, un movimento sbagliato può voler dire la fine», ripete Panèo a chi lo accusa di prendere fiato e tempo prima di rispondere alle domande sui sentimenti. Lo prendono per un calcolatore, ma lui è semplicemente un uomo che ama ancora e troppo la vita.

Tre candele in tre punti precisi: il dialogo, la famiglia, l'odio. La terza candela, infatti, è accesa proprio per questa donna che comincia a cavare fuori dalla sacca di plastica gialla la sua storia, i suoi rancori, il suo odio.

Subito una fotografia: di una ragazza che le somiglia. Non è lei da giovane, perché ha i capelli lunghi e biondi, e soprattutto abbozza un sorriso troppo aperto.

«È mia figlia. Da due anni è anoressica. Lei dice che è per colpa mia, perché l'annullo: avrei voluto farla nascere già morta. Ha convinto anche i medici che io la odio da sempre.»

«Aspettavo che tu pronunciassi quel verbo 'odio'. Ci sei arrivata: lo sapevo, l'avrei giurato», la interrompe Panèo.

«Mezzo mondo sa soltanto odiare. E allora?»

«Come puoi odiare tua figlia?»

«Mi succhia la vita, mi ricorda ogni ora che sto invecchiando, mi sbatte in faccia la sua età.»

«L'hai allattata?»

«Sì, ma sempre avvelenando il mio seno con pensieri che venivano dall'inferno della mia mente.»

«Non hai mai avuto una repulsione verso te stessa?»

«Ho girato gli psicanalisti di tutta Europa. Ero una ragazza madre e questo peggiorava l'abisso di disperazione in cui ragionavo.»

«Anche lei ti odia?»

«Uno psicanalista svizzero m'ha detto che lei si sta immolando per non ricambiare l'odio che avverte. Finché digiuna, vuol dire che non ha smesso d'amarmi.»

«Bevi un bicchiere?» chiede Panèo versando il vino bianco.

I due portano i bicchieri alle labbra: e i loro sguardi si incrociano, luccicano alla luce della candela. Restano con i bicchieri a mezz'aria, gli occhi negli occhi, per venti, trenta infiniti secondi.

Poi gli occhi si spengono nel vino.

«Mi guardi come una murena», dice Panèo, «chiedi di avvicinarmi e di fiocinarti: ma mi sorprenderesti, mordendomi sul punto più venoso della mano.»

«Non cerco un confessore. Nessuno, su questo mondo, può condannare o assolvere: figurarsi tu, che sei un pescatore che sogna.»

«E allora chi cerchi?»

«Uno che mi ascolti senza dare giudizi. M'hanno detto che tu sei così.»

«Vuoi un muro di gomma. D'accordo. Colpiscimi con tutto l'odio che ti sta dentro l'animo. Attenta, però, ti rimbalzerà contro: non so quando, se subito o tra qualche ora, quando sarai già sul continente e crederai di avermi calpestato come un verme.»

«Guarda bene mia figlia», e gli mostra ancora la fotografia, «qui era ancora in carne. Adesso è un'ombra, respira a fatica. Ma io la terrò in vita, farò di tutto perché rimanga sempre al limite della sopravvivenza, disfatta fuori e dentro.»

«Suo padre sa che la stai torturando?»

«Lui s'è rigenerato, vive come te, sul mare. Ma non in un'isola sperduta, sta sulla Costa Azzurra. Certo che sa della malattia: ma il pericolo di guardarmi in faccia anche per un istante è superiore alla voglia di rivedere quello che resta di sua figlia.»

«Ma non lo nascondi il tuo odio?»

«Per la facciata io sono una madre perfetta: so anche piangere, impallidire, telefonare agitata ai medici, fingere di chiedere consolazione a un nostro amico monsignore.»

Panèo manda giù il bicchiere di vino d'un fiato. Si alza, e comincia a camminare intorno al tavolo. Come fosse in barca, e girasse sopra la sua preda, che là sotto, in acqua, sta cercando d'ingannarlo.

«Ci sono pesci che abboccano all'amo, e poi si inabissano, compiono lunghe evoluzioni nel fondo del mare. Io lascio a loro metri e metri di lenza, di libertà. Li faccio stancare prima di provare a tirarli su in barca. Ecco, io devo capire quando e perché tu hai ingoiato l'amo dell'odio. Adesso sei ancora libera di vagare per il mondo: ma qualcuno, magari la persona che reputi la più squallida e debole, qualcuno da un istante all'altro comincerà a tirare la lenza. Sei condannata a perdere ossigeno, anche tu hai il destino segnato.»

«Ma finché ho ossigeno, semino odio. Mi dà soddisfazione avvisare una mia amica che il marito la tradisce: e vederla che annaspa, che perde la tranquillità e la sicurezza in cui si sentiva inattaccabile.»

«Lo so che esistono creature negative come te. Ma ogni volta spero di essere io a vederle attraverso la lente distorta del sospetto. Fatti guardare. I tuoi occhi, le tue mani. Hai mai avuto voglia di uccidere?»

«Se sparassi ai miei avversari, li annullerei. Mi ritroverei a odiare fantasmi. No, li voglio vivi, pieni di speranza e di buoni sentimenti: e se hanno fede in un dio, meglio ancora. Per questo sono venuta da te. Perché tu inciti la gente a vivere, la aiuti a credere ancora nel futuro. So di farti del male soltanto con la mia presenza.»

«Dev'essere spaventoso vivere bruciati

dalla tramontana: non risparmi niente e nessuno, nemmeno te stessa.»

«Certo, odio anche me. Non sono madre, non sono compagna, non sono donna. A volte, sui giornali, leggo nei minimi particolari operazioni cui si sottopongono le persone che cambiano sesso, che cercano un'identità. Io somiglio a loro. Dovrei operarmi quella specie di anima che m'è rimasta. Femmina, maschio, o non so quale sesso.»

«L'odio non risparmia nessuno, uomini o donne, colpisce a caso.»

«Dammi dell'altro vino. Sono stanca di perseguitare il mondo.»

Panèo le versa da bere, e osserva le mani nodose della donna: con le unghie smaltate accuratamente d'un rosso scuro. Rosso sangue, pensa il pescatore dei sentimenti.

«Ci sono milioni di persone che vivono nell'amore», dice Panèo, «e contro la loro volontà, per i motivi più impensabili, si ritrovano qualche volta a scivolare nell'odio. Il tuo è un percorso inverso: che ti succede quando scivoli nell'amore?»

«Perdo le forze, non sono più un'eccezione. Mi trovo in un branco di gente che segue le prediche di famiglia. E mi annoio, profondamente. Ma i lampi d'amore, dall'infanzia a oggi, li posso contare sulle dita di una mano».

«Riesci ancora a leggere negli occhi di tua figlia?»

«Cerchi di provocarmi. Ma perdi il tuo tempo. I messaggi che mia figlia mi lancia con gli sguardi, riesco a cancellarli nello stesso istante in cui li leggo: non arrivano nemmeno a sfiorarmi il cervello. Figuriamoci se cedo alle emozioni. Certo, lei è l'unica creatura al mondo che polarizza la mia attenzione. Mi difendo, evitando di aiutarla anche quando dà di stomaco. Il vero contatto con lei sono i medicinali. Calmanti e integratori alimentari.»

«Vorrei fotografarti. Se racconterò di te, non verrò creduto. La tua fotografia potrebbe essere la prova della tua esistenza. Sotto al tuo volto, scriverei: se la incontrate, non scoprite i vostri valori positivi, lei può danneggiarvi nel profondo.»

Intanto la donna della tramontana si versa ancora del vino nel bicchiere.

«Se fossi il tuo psicanalista, ti chiederei quando hai ingoiato l'amo dell'odio. Cerca di ricordare. Chi ti ha allettato con quell'esca maledetta?»

«Un uomo come te. Che diceva di credere agli ideali. Il padre di mia figlia: l'unico uomo che mi ha strappato carezze, che è riuscito a farmi piangere.»

«E tu hai ingoiato l'amo.»

«Ma non ha il coraggio di richiamarmi a galla: mi lascia sott'acqua, a sognare una sua sciagura.»

«Scrivimi qualche parola qui su questo foglio. Lasciami una traccia del tuo sentimento maligno.»

La donna è incuriosita. Dalla sacca di plastica gialla tira fuori una biro, e come una ragazzina che a scuola non vuole fare copiare il compagno, mentre scrive, con l'altra mano fa da paravento. Qualche secondo, qualche parola, poi piega il foglio in quattro, e lo consegna a Panèo. Lui rispetta quel gioco segreto della ragazzina, e nasconde il foglio tra le pagine del libro sulle alte maree.

Poi si risiede di fronte alla donna. La fissa negli occhi a mandorla, allunga lentamente una mano, fino a sfiorarle la guancia: una impercettibile carezza. Poi quella mano scende sulle labbra della donna, poi giù, dal mento al collo, fino a posarsi sulla mano che ha scritto il biglietto segreto.

La donna della tramontana si lascia carezzare: nel silenzio d'una capanna, su un'isola senza nome: «Non lo racconterai a nessuno», dice.

«Chi ti conosce non mi crederebbe», risponde Panèo.

«Mettiti nella mia testa, pensa come me, non mi condannare.»

«Senti, fuori la tramontana sta calando. È un segnale di tregua anche per te. Le fiamme delle candele sono ferme, sicure. Approfittane per lasciare riposare i tuoi nervi dell'odio. La mia mano non ti chiede, e tanto meno ti condanna. Ti dà soltanto un segnale di tenerezza. Potresti essere mia figlia, o una sorella nata troppi anni dopo di me. Comunque, ci conosciamo da sempre, ci siamo incrociati chissà quante volte.»

«Le fiamme sono immobili», dice lei roteando lentamente la testa da una candela all'altra.

«Parla piano, sottovoce: basta un respiro per agitarle, come il tuo dentro misterioso. La tramontana si è dimenticata per un istante di te: forse ti starà cercando altrove, in città, nella camera di tua figlia.»

«Sentire la pelle di un uomo sulla mia. È una sensazione che non ricordavo più. Certe volte, sui giornali, cerco le fotografie di uomini e donne che s'abbracciano. Provo un'invidia infinita. E adesso capisco perché. Mi stai travasando cellule di pace, e io le accetto.»

«Poi continuerai a odiare, stai tranquilla. Questa è soltanto una parentesi, non darle peso, apri anche le braccia che hai dentro di te.»

«Le ho già aperte. Ma non mi colpire a tradimento.»

«Le fiamme delle candele sono ancora ferme, puntano verso l'alto, stanno respirando. Siamo vivi, e il mondo s'è dimenticato di noi.»

«Non fare crescere l'illusione di liberarmi dall'odio. Io sono sua, ho accettato tutte le sue regole, e la prima è di non sognare mai.»

Panèo prova a premere la sua mano su quella della donna. Prova a stringerla. Lei non reagisce subito, ma poi comincia a muovere le dita, a cercare quelle della mano del pescatore. Ecco: adesso loro sono mano nella mano, e la stretta è allo spasimo.

Odio e amore sulla stessa lunghezza d'onda. Un prezioso miracolo non visto dalla gente, sull'isola sfiorata da Ulisse. Una stretta di mano gonfia di parole impossibili, di urla, di risate e lacrime, di racconti liberatori, di pietà.

Le fiamme delle candele si scompongono all'improvviso.

«La tramontana mi ha trovato», dice la donna, e rilassa la mano costretta da quel vento che torna a dominare là fuori.

Panèo lo sapeva che il miracolo non poteva avere vita più lunga. Ma sfidando quella maledetta e viscida lingua che scende dal nord, dà un'ultima carezza sulla fronte della donna.

Un gesto che fa infuriare la tramontana: la porta in vimini della capanna si spalanca, e il vento gela in un istante l'interno, spegne le candele, fa alzare di scatto la donna.

È inutile tentare di riaccendere le candele. La tramontana ha liberato la luna dalle nuvole. Nel chiarore, Panèo osserva la donna che esce senza voltarsi per un saluto. Non ha la testa piegata, non dà segnali di malessere o rabbia: cammina a scatti, nervosa, proprio come s'era presentata.

Scompare nella notte dell'isola: ci sarà una barca maledetta con un marinaio anche lui maledetto, a riportarla nel pianeta dell'odio.

Panèo richiude la porta. Accende la candela che è sul tavolo. Apre il libro delle alte maree, e legge a bassa voce quello che ha lasciato scritto la donna.

«Prima di conoscerti, odiavo mille persone. Da stanotte, ne odio novecentonovantanove. È il nostro segreto.»

Panèo legge una, due volte quelle parole, e poi una terza. Non ci crede. Ma guarda la fiamma della candela: è immobile, sale dritta verso il cielo.

Il libeccio: la passione

PASSANO gli aerei sull'isola di Panèo. Lontani, con un rombo sordo, lasciano una scia bianca. Una lunga nuvola artificiale, che si sfalda a poco a poco, si dilata, scompare.

Sdraiato sul fondo della sua barca da pesca, Panèo è affascinato da quegli aerei: e cerca di dare loro un significato. Per tutto lui vorrebbe una spiegazione, un perché nascosto. Sensibile come un'arpa, Panèo è convinto che gli aerei rappresentino il sogno impossibile, la trasgressione, le emozioni forti, la nuova vita in altri mondi.

La lenza è calata in acqua. Lui la sfiora con le dita: ma più che ai pesci, oggi pensa a quegli aerei. Sdraiato, il suo mare s'è rovesciato lassù, e con la fantasia lui tenta di pescare quei misteriosi mostri con le ali, gonfi di gente d'ogni razza.

Ma un vero pesce ha abboccato all'amo: il mare torna sotto la barca. Panèo si mette a sedere, tira su la lenza con un paio di bracciate: è un piccolo pagaro, che si dispera sul pelo dell'acqua.

Panèo lo stringe in una mano, lo libera dall'amo, e lo ributta in mare.

Quanto è importante per Panèo la libertà: anche di quel roseo, piccolo pagaro. Le rare prede che restano a boccheggiare sulla sua barca, sono per la sopravvivenza.

E torna la strana voglia di aerei: dunque Panèo, oggi cerca un colpo di frusta, un imprevisto? Non può sopportare che questa calda giornata di agosto scivoli via come la sua barca, che adesso viene trascinata dalla corrente verso il largo, nella direzione della secca popolata di cefali.

La barca lascia una scia di schiuma bianca: ricorda quella degli aerei quando sono alla ricerca dell'avventura.

Ma prima d'arrivare alla secca, lo sguardo di Panèo è attirato verso il largo. Un motoscafo sta puntando dritto verso di lui. La prua si abbassa e si alza sollevando spruzzi d'acqua: al timone c'è un uomo di colore, con un cappello di paglia e un paio d'occhiali scuri. Panèo nota quei denti bianchi, che sorridono, mentre il motoscafo rallenta e s'accosta alla barca.

A bordo, dietro il pilota di colore, un uomo e una donna sulla quarantina, sono stretti in un abbraccio esagerato. Entrambi sono a torso nudo, e gli spruzzi hanno bagnato i capelli: biondi di lei e neri di lui, che si sono mischiati sulle loro spalle.

Poi le teste si dividono, e riprendono i propri capelli per un cenno di saluto a Panèo: «Vorremmo fermarci qui», dice l'uomo, «ma non abbiamo l'ancora».

Panèo chiede al pilota di passargli una cima: lo legherà all'anello che sta a prua della sua barca.

«Faccio un nodo di ancorotto: passo il corrente tre volte nell'anello, dal basso verso l'alto, stando attento alle torsioni sul cavo, così il corrente passa dietro il dormiente, e va nelle spire che avvolgono l'anello», dice Panèo con una punta di allegria da marinaio, facendo roteare le sue dita come quelle di un prestigiatore. Ha incontrato amici, ha voglia di ascoltare e di parlare. Finalmente ha pescato uno dei cento aerei che disegnavano nuvole in cielo.

Ma poi rialza la testa, e incoccia nello sguardo del pilota. Questo porta l'indice tra naso e bocca, gli fa cenno di tacere: i suoi passeggeri vogliono essere lasciati in pace.

Panèo sta al gioco, e getta l'ancora in mare. Poi, infilza l'esca sull'amo della lenza, e riprende a pescare, stando attento a non voltarsi verso il motoscafo, che ondeggia a tre, quattro metri dalla sua barca. Il pilota ha calato il cappello, e prova a dormire. La coppia a torso nudo si sdraia, scomparendo nel motoscafo. Una tendina verde li nasconde dalle possibili curiosità del pilota o di Panèo. Ma quello che succede tra i due è fin troppo evidente. Ansimano, sussurrano frasi concitate o calme, sicuramente di eccitazione.

È il colpo di frusta, l'emozione che Panèo andava cercando?

Forse. Di sicuro, c'è che quell'uomo e quella donna non considerano il prossimo, e si comportano come se il pilota e Panèo fossero due oggetti.

Possibile che non provino il minimo imbarazzo? Panèo fa in tempo a tirare a bordo due cefali, a vedere passare tre aerei con la scia di nuvole.

Poi la coppia scosta la tenda verde: «Liberiamoci di questa barca», dice lui al pilota assonnato, «portaci a riva.»

Panèo ha sentito, e senza guardare in faccia nessuno dei tre, scioglie il nodo di ancorotto dalla prua. Il motoscafo s'allontana sollevando un'onda che fa scricchiolare il legno della vecchia barca di Panèo.

Il pescatore s'accontenta dei due cefali, e rema verso lo scoglio biancastro davanti alla capanna.

Certo che Panèo è rimasto colpito da quei

due amanti senza pudore: Ma chi erano, e perché non m'hanno nemmeno salutato? Meglio rientrare, a mettere sulla brace i due cefali. Anche oggi l'isola mi ha regalato la sorpresa. Mentre quelli sono finiti chissà dove, io voglio ascoltarmi *Monnalisa* di Nat King Cole. Pensieri che placano lo spirito di Panèo: quelle mille parole concitate e sussurrate dei due amanti, riportano la mente del pescatore indietro nel tempo, quando confondeva il sesso con il sentimento. Da ragazzo, lui era convinto di amare le coetanee e non le sfiorava. Più avanti negli anni, si ritrovava a letto con una donna, e dopo l'amplesso si accorgeva di provare per lei soltanto attrazione fisica, di non amarla. Sempre contro tempo.

Ecco, con questi fantasmi nella testa bianca, Panèo arriva a pochi metri dalla capanna. La porta è aperta, e là dentro sente che c'è sicuramente qualcuno ad aspettarlo.

Sono loro, i due amanti del motoscafo. Accovacciati sul pavimento di legno, non si abbracciano più. Si sono rivestiti. Lei con una specie di kimono arancione, lui con una camicia azzurra, e un paio di bermuda a fiori. «Sarete strani», dice Panèo poggiando sul lavandino i due cefali, «prima vi ancorate alla mia barca, poi mi aspettate nella mia capanna.»

«Di te ci fidiamo. Sappiamo chi sei», risponde lui, «non possiamo farci riconoscere da nessuno.»

«E il pilota?»

«L'abbiamo rimandato sul continente, torna a prenderci domattina», dice lei.

Panèo china la testa: voleva l'emozione, il destino l'ha preso in parola.

«Ci conosciamo da un mese. È stato a Ponza: su una barca di amici. Per tutta la sera non ci siamo parlati. Soltanto sguardi, sorrisi di cortesia», racconta lui.

«Mi piaceva il suo profumo. Appena potevo io trovavo una scusa per passargli vicino. Credevo che avesse addosso una colonia», dice lei.

«Era la sua pelle», interviene Panèo con voce calma.

«Già, la sua pelle. Un profumo di casa, di famiglia. Sembrava quello di mio padre. Io adoravo mio padre», continua lei, «insomma quella sera stavo impazzendo, dovevo restare sola con lui, toccarlo, abbracciarlo, impregnare le mie mani di quel profumo».

«E anch'io stavo impazzendo. Lo vedi quel neo che Luisa ha sopra il labbro? Io sapevo che lo avrei baciato per ore», dice lui.

«La festa su quello yacht non finiva mai. All'alba abbiamo fatto una spaghettata, ma aspettare mi dava alla testa. In fondo, preferivo rimandare il contatto fisico: è sempre meglio tenere lontano il tormento dalla propria vita», e la voce di Luisa si spezza, si fa come rauca.

«Non potevo muovermi davanti a tutti quegli amici. Mia moglie e suo marito, invece, parlavano fitto fitto. Sono entrambi appassionati di vela. Ma era troppo evidente che nemmeno li sfiorava l'idea di toccarsi, di fare all'amore», spiega lui.

«Dunque siete sposati, e da un mese avete perso la testa», dice Panèo.

«Parla tu, Valerio, diglielo tu che deve aiutarci, che non possiamo fare a meno l'uno dell'altra, che inventiamo le bugie più pazze per poterci incontrare. Anche oggi, io dovrei essere a Sperlonga nella villa di mia madre, e lui in Versilia, per un torneo di tennis con degli amici inglesi.»

«L'hai già capito che la nostra esistenza s'è ribaltata. All'improvviso. E non sappiamo come dirlo alle famiglie: ma dovranno accettare tutte le nostre condizioni, o non ci vedranno più», dice Valerio.

Panèo non si scompone. Osserva i due cefali sul lavandino. Perdono sangue: uno da un labbro, l'altro tra l'occhio e la branchia. Volevano vivere anche loro liberi, e lui li ha strappati al loro mondo.

Dai cefali il suo sguardo va ai due amanti, a parole mai così vivi: «Avete figli?»

«Per fortuna no», risponde lei, «io ne ho persi due naturalmente, sua moglie non li vuole.»

«È un primo punto a favore della vostra storia», dice Panèo.

«Che cosa abbiamo addosso? Devi spiegarcelo. Facciamo l'amore anche due volte al giorno. Niente e nessuno ci dà un freno. Mia moglie è diventata insopportabile, solo la sua voce mi innervosisce. Mi fa anche pena, ma non ho alternative. Luisa viene prima di tutto e di tutti.»

«Avete addosso la passione. Cieca, spontanea, totale. Può essere una malattia o uno stato di grazia: secondo da che parte la consideri. Per tua moglie e per il marito di Luisa, è una malattia che vi ha contagiati, per voi due è un regalo del destino, è un camminare a mezzo metro da terra. Sulla mia 'rosa dei sentimenti', la passione è il libeccio, l'africo dei latini. Ha origine dalla massa d'aria tropicale del continente. Può essere violento e provocare turbolenze sulla costa tirrenica e su, fino al golfo di Genova. I marinai sono terrorizzati dalle libecciate. Soffiano da sudovest, diventano pericolosissime nelle zone delle foci del Po. È il libeccio la tempesta che sentite dentro.»

Panèo tira fuori da un cassetto sotto il lavandino un coltello affilato, per pulire quei due pesci.

Lo ferma la voce di Valerio: «Ma tutti gli esseri umani possono essere travolti dal libeccio della passione?».

«No. La maggior parte, alle prime raffiche cambia rotta, o si àncora in un porto sicuro. Rinuncia alle emozioni troppo forti del libeccio. E io li capisco. Ma se devo essere sincero, capisco di più quelli che si lasciano andare, come voi due, con il rischio di affondare, naufragare, e perdersi.»

«Quando leggevo le storie di passione mi sentivo ridicola, come i protagonisti di quei romanzi. Sesso dovunque: in auto, dietro la porta, il letto era il posto più banale. Come fai a leggere queste idiozie, mi chiedeva mio marito. Ma io andavo avanti per curiosità. Mi interessava la fine degli amanti. Mai una conclusione felice. Sempre una tragedia fino al sangue», dice Luisa fissando quel coltello nella mano di Panèo.

Come per tranquillizzarla, lui lo posa, sopra uno dei due cefali: «L'emozione troppo forte è una scarica elettrica. Illumina, acceca: e poi ti lascia nel buio più profondo. Se l'emozione durasse ore, giorni, non sarebbe un lampo di passione: ma un sentimento controllabile, senza sorprese, ripetitivo, sicuramente prevedibile.»

«Non dai lunga vita al nostro rapporto», dice Valerio.

«Vi accorgete da soli che state vivendo sui nervi, con le teste in uno stato di confusione. Non avete la calma necessaria per un progetto a due.»

«Ma tu lo devi conoscere un metodo, un trucco: lo sanno tutti nel continente che tu salvi i rapporti più impossibili», dice Luisa.

Panèo non sa raccontare bugie. Riafferra il coltello, e taglia la pancia di un cefalo, dalla coda alle branchie. Poi comincia a estrarre le interiora, e le butta in un vasetto di metallo senza etichetta.

Luisa non perde un gesto di Panèo: anche quelli sono risposte mute del pescatore. Il primo cefalo aspetta soltanto che Panèo gli mozzi la testa.

«Puoi lasciarci soli una mezz'ora?» chiede deciso Valerio.

Panèo, con un colpo di coltello, decapita il cefalo: «D'accordo, porto con me il mangianastri», e da uno scaffale dietro la testata in ferro battuto del letto, sceglie un nastro: *Monnalisa* di Nat King Cole.

Adesso, seduto su un ammasso di corde, Panèo accetta senza nervosismo la strana situazione che s'è creata. È pentito di aver mozzato con una punta di rabbia la testa del cefalo.

La calma, è sempre stata il segreto della sua scelta. Cominciare a tradirla, anche per un istante, è un segnale di saturazione, di troppa solitudine.

La voce di Nat King Cole copre i suoi pensieri: copre anche le voci dei due amanti. Le grida dei due amanti. Il libeccio, li ha proprio folgorati. Hanno perso ogni difesa: la pelle ha avuto il sopravvento su qualsiasi ragionamento.

Dovrebbero essere a Sperlonga e in Versilia, e invece approfittano della capanna di

Panèo per sentirsi fuori da ogni responsabilità del mondo.

Non conosce specchi la passione. Li nasconde o li appanna: non permette ai due amanti di guardare i propri occhi dopo l'atto sessuale, di scoprire il pallore, la smorfia di stanchezza, il sorriso della più assoluta vaghezza.

Monnalisa una, due, venti volte. E la porta della capanna non si apre.

Ma quando Panèo blocca il mangianastri, dentro è il silenzio. Lui si sente un ladro di sentimenti, ma scosta appena la porta: dalla fessura vede i due amanti, abbracciati, sudati e nudi. Si sono addormentati indifesi, vittime consapevoli del libeccio più sfrenato.

Così Panèo torna a sedersi, ora è diventato il guardiano di una passione impossibile: è la prima volta che gli capita in tanti anni di incontri con i personaggi più eccentrici, viziati, disperati.

Poi, dalla porta socchiusa, sguscia il kimono arancione di Luisa. Si siede vicino a Panèo. Tra le mani ha la testa mozzata del cefalo: le dita sono rosse di sangue.

«Lo so, questa sarà la mia testa quando finirà la storia con Valerio. Ma non ho paura di morire: non so quanto potrei resistere senza il profumo della sua pelle», dice.

«Tra poco lui si sveglierà. Ci raggiungerà qui fuori: pensa che verrà un giorno in cui uno dei due non si sveglierà mai più. È scritto, è inevitabile», dice Panèo. Poi, chiede la testa del pesce a Luisa: «La tua testa è qui, ma il tuo corpo è rimasto su quel letto, abbracciato a Valerio. Là dentro c'è la passione, in questa testa ci sono i mille motivi per cui dovresti troncare subito la vostra relazione. Nascondi questa testa se vuoi dare ossigeno al vostro rapporto», e poi scava una piccola buca nella sabbia, ci mette dentro la testa del cefalo, la ricopre di pietre.

Luisa è sempre più ubriaca di libeccio, si diverte a vedere seppellire la sua testa: «Aspetta, ci manca qualcosa», dice a Panèo. E tra una pietra e l'altra, infila una margherita selvaggia, e qualche foglia di pitosforo.

«Strana malattia la passione», riflette

Panèo, «mentre muori per lei, rinasci. Il guaio è che non lo capisci finché non chiudi gli occhi e non li riapri. Disperato fino al momento del buio. E placato, nuovo, assetato di dolcezza quando rivedi la luce del sole.»

«Io lo so che parli in buona fede. Forse ci vuoi anche del bene. Ma esiste almeno una possibilità remota che la nostra passione sopravviva a tutto e a tutti?»

«Un uomo e una donna non possono vivere di corsa. Quanto riescono a resistere? Devono riprendere fiato, asciugare il sudore, bere, cambiare abiti, sedersi a tavola con i parenti o gli amici. C'è la possibilità di scomparire dalla società, dal mondo che conosciamo e ci conosce. E allora si può correre all'infinito, su prati che nemmeno immaginiamo: ma si entra in una dimensione che noi uomini chiamiamo l'altra vita.»

«Per questo le grandi passioni finiscono con il suicidio?»

«L'hai capito da sola, con questa testa che è fuori dalla capanna.»

«Anche io e Valerio abbiamo pensato già cento volte di scomparire dal mondo: e a quali metodi usare per suicidarci.»

«La passione ha un suo percorso preciso. Vedere la soluzione di tutte le sofferenze nel suicidio, è previsto: è una tappa obbligatoria della prima fase, quando il sentimento sale fino alla gola, quando ci si sente soffocare.»

«Allora non siamo diversi da milioni di uomini e donne.»

«Non siete un caso unico. Capire questo è già una scintilla di salvezza. Gli amanti, accecati dalla passione, si sentono il perno del mondo: credono che ogni loro movimento sia spiato e giudicato.»

Luisa è stanca, e Panèo ne approfitta, insiste con quella testa in momentanea libertà.

«Secoli fa, in certi conventi francescani, le ossa dei frati che lasciavano il mondo diventavano ornamento di altari. C'è una chiesa a Roma in via Veneto, dove le ossa di migliaia di frati sono diventate opere d'arte: sentieri, gallerie, grandi fiori. 'Questo resta di noi sulla terra, ma qualcosa va oltre le nuvole', sta scritto in un angolo del museo delle ossa.»

«Ti chiedo aiuto, e tu mi parli di ossa.»

«Ci sono le ossa sotto il profumo della pelle di Valerio. Non devi mai dimenticarlo. Anche nei momenti di trasporto, quando è impossibile non chiudere gli occhi.»

«Non sono più una ragazza. Il destino mi regala questa sensazione che non so nemmeno raccontare. Io voglio viverla questa storia, fino alle conseguenze più dure.»

«Allora fai finta di chiedermi aiuto, inganni persino te stessa, vorresti soltanto metterti in pace almeno qui, su quest'isola, e fare respirare la coscienza.»

«A quanti uomini e donne, io e Valerio potevamo chiedere una capanna per fare l'amore in pieno giorno? Sapevamo che tu sei uno dei rari individui che non condanna i sentimenti: perché li conosci, li studi a fondo.»

«Vuoi la sincerità? Io ammiro la vostra passione. Vorrei che resistesse, che vincesse sui perbenismi e sulle convenzioni. Ma soffro perché non vi posso aiutare. Non c'è passione al mondo che abbia superato i trecento giorni.»

«Quasi un anno. E poi?»

«Ci si addormenta», e gira la sua testa bianca verso la capanna: anche Valerio là dentro sta dormendo.

Ma verso sera i due amanti sono svegli insieme, e sorridono. Seduti al tavolo di Panèo, osservano il pescatore che sta cuocendo sulla brace i due cefali. Il sale, l'olio, le fette di limone: le mani di Panèo si muovono sicure e semplici.

Tutto, in questa capanna, dà un senso di sicurezza e di semplicità. Per questo i due amanti si sentono protetti, e vivono attimo dopo attimo la cena improvvisata.

«Panèo, sai perché ti sento amico?» chiede Valerio.

«Perché ti sto a sentire e ti lascio il mio letto».

«Anche. Ma soprattutto perché non sono geloso di te. Sei l'unica persona al mondo che mi dà fiducia.»

«Ti ringrazio. Ma sbagli ad essere geloso.

Quando si è protagonisti di una passione autentica, il tradimento è l'eventualità più remota. La passione fa terra bruciata intorno ai due amanti. Quando spunta la gelosia, vuol dire che si torna a ragionare, a guardarsi intorno: forse la passione si sta allontanando, e si comincia a trasformare in un altro sentimento che non identifichi ancora.»

Dopo mangiato, Panèo accende le tre candele. Stavolta tutte al centro della tavola sparecchiata.

Mentre lui asciuga i piatti e le posate, i due amanti curiosano nella grande bussola bordata di legno: la «rosa dei sentimenti» inventata dal pescatore li affascina. Vorrebbero sapere altri particolari sul libeccio: il vento della loro passione. Vorrebbero sapere che sarà di loro: da oggi all'infinito.

«Il nostro spirito è composto di strati che da densi si fanno sempre più sottili», dice Panèo, «ecco, noi dialoghiamo con quelli più densi, in superficie. Ma se abbiamo la forza di chiedere agli strati più sottili, quelli che si rivelano soltanto nei momenti topici della nostra vita: bene, quelli sanno già esattamente che sarà di noi, da oggi all'infinito.»

«Ma tu hai mai raggiunto gli strati più sottili?», chiede Luisa al pescatore.

«Quando ho visto mio padre sul letto di morte. Anziché carezzargli la fronte fredda, ho chiesto al mio spirito se ce l'avrei fatta a sopravvivere a quell'uomo. Sì, soltanto quella volta ho scandagliato fino in fondo il mio spirito.»

Valerio si china da un lato: fruga in una piccola sacca di tela blu che ha portato dal motoscafo: «I telefonini sono spenti, anche le pile saranno scariche». Rassicura così Luisa. Anche stanotte nessuno potrà raggiungerli, incrinare la loro storia impossibile nel futuro, ma mai tanto reale in questo presente.

I due amanti cominciano a guardarsi: i loro occhi sono come calamitati. Poi il primo bacio sulla bocca, e lei che si lascia andare sul letto.

Panèo prende da un cassetto un giaccone impermeabile, un paio di pantaloni di tela pesante, un berretto di lana, e una pila: «Vi lascio questa mia specie di casa. Approfittate di questa notte: così soli, la gente non vi lascerà mai più».

E adesso Panèo è sotto le stelle: ma non è quello che ha sempre voluto? Lui non sopportava l'obbligo di un indirizzo, incasellato come un'ape, numerato tra mille creature che non conosceva. Forse, se Josette avesse ricambiato la sua passione, avrebbe accettato ogni compromesso, numerato e con l'indirizzo.

Passione? Ma può esistere una passione non ricambiata, con uno dei due che con la fantasia raggiunge l'impossibile, e l'altro che assiste quasi con crudeltà, spoetizzando ogni segnale, ogni gesto?

Panèo, che si è sistemato sotto un grande ulivo, con la pila accesa per allontanare gli animali della notte, pensa: anche lui l'ha vissuta la grande passione, come Valerio e Luisa. Ma da solo, scrivendo lettere, componendo musiche e inventando poesie per Josette. È vero che lei non ricambiava: ma sapeva, e questo era già un partecipare alla passione.

Non c'è stato il letto, o il sesso sfrenato. Ma gli sguardi, le mani strette, sì: e lei ascoltava per ore i sogni e le illusioni di Panèo.

Ecco, in quella capanna, potrebbero esserci Josette e Leonardo al posto dei due amanti. Il rispetto di Panèo resterebbe intatto.

Lui non ha mai voluto sapere i particolari di quella storia d'amore. Quando Josette ha smesso d'ascoltarlo, gli ha restituito centinaia di lettere, e una notte ha riappeso il telefono: allora Panèo ha reagito scegliendo l'isola di Ulisse.

Non si può sognare dentro alla società, ci si deve adattare al cinismo della concretezza, e nascondere uno per uno i lampi della fantasia.

Agli altri, oggi Panèo racconta che la passione passa, che non dura più di trecento giorni. Ma è vero se la si vive e la si brucia in due: come gli amanti di stanotte. Se invece si è soli a essere trascinati dal libeccio, la passione può graffiarti dentro per anni, forse finché respiri.

Panèo spegne la pila. Vuole vedere i fili di luce che nella notte illuminano porta e finestre della capanna. Eccoli. In qualche modo, lui partecipa alla felicità di Valerio e Luisa.

Sono più preziosi quei fili di luce, o le stelle che a migliaia gli stanno sulla testa?

E fa più sognare la luna calante che sfiora il mare, o quei fili dorati della capanna?

Non sa rispondere Panèo. Perché il fascino di una passione è pericoloso: per questo la società dei benpensanti difende la comoda routine, condannando le passioni come eccessi, diapason micidiali per il quieto vivere.

Sceglie i fili di luce di porta e finestre Panèo, per sognare stanotte, mentre gli occhi si fanno pesanti.

Altre luci di aerei e navi lontane, vorrebbero distrarlo. Ma dalla capanna, adesso arriva anche la musica: i due amanti hanno scoperto il mangianastri e *Monnalisa* di Nat King Cole.

Panèo dorme. Per sua fortuna, non sente le urla di Valerio e Luisa.

«Non possiamo andare avanti così, o lasci tua moglie o non mi vedi più.»

«Dammi del tempo, anche lei è un essere umano come te.»

«Mi stai facendo del male dentro, preferisco non vederti e perderti.»

«Quanto può durare questa storia? Lo capisci che ci stiamo già dilaniando?»

«Non hai il coraggio di scegliere, io nel compromesso non ci riesco a vivere.»

Ma poi a svegliare Panèo, a raggiungerlo sotto l'ulivo, sono Valerio e Luisa, concitati.

«Abbiamo ancora bisogno di te», dice lei, «la passione, il vento di libeccio come la chiami tu, ci sta distruggendo, stiamo impazzendo. Litighiamo, ci vogliamo lasciare, facciamo l'amore e poi ci insultiamo. Le teste sono troppo confuse.»

«Sarà il silenzio di quest'isola, la tua capanna con le candele e la musica: stacci vicino, perché potremmo farci anche del male fisico.»

«Lo sai che lui mi ha messo il coltello sotto la gola?»

«Ma poi non l'ho uccisa, e abbiamo rifatto l'amore.»

Panèo l'aveva previsto. E li ascolta senza restare impressionato nemmeno da quel coltello sotto la gola.

«Siete i perfetti protagonisti di una storia di passione. Amore e morte, e ognuno deve liberarsi del proprio mondo se veramente ci tiene al rapporto», dice Panèo.

I due amanti si placano. I loro respiri tornano regolari.

«Guardate le stelle, anche loro bruciano di passioni cosmiche. Alcune si esasperano di luce e calore fino a esplodere. Altre vogliono resistere, e si consumano, fino a raffreddarsi nella solitudine. Ma da quaggiù, ci sembrano tutte sane e luminose. Come voi due. Appena vi ho incontrato emanavate onde positive, chiunque avrebbe giurato sulla solidità del vostro rapporto. Eravate decisi, e nell'abbraccio sembravate una persona sola. A distanza di poche ore, alla prova dei telefonini spenti, vorreste accelerare i tempi con una tale velocità, che esplodete come due di quelle stelle per troppo calore, troppa luce.»

«Aiutaci, Panèo», dice Luisa, stringendosi tra le braccia di Valerio.

Nell'abbraccio, sono tornati una persona sola, come sul motoscafo. E frenano a stento le lacrime.

«Se vi fa bene piangete. Le lacrime sono una liberazione vitale per la passione, come per tutte le emozioni che non riesci a esprimere a parole. Mi avete raccontato tutto e niente: perché la confusione è impressionante nei primi tempi della passione.»

Senza deciderlo a parole, i tre si avviano verso la riva del mare.

«Guardate, la notte tutte le spiagge del mondo si somigliano. Dove siamo, sull'isola di Ulisse, o a Sperlonga, o in Versilia, dove vi stanno cercando? Anche là, adesso, lo stesso mare e lo stesso orizzonte buio. Per non perderci d'animo, è meglio fissare i piedi, che calpestano la sabbia, passo dopo passo.»

«Fissare i piedi, non è troppo poco?» chiede Valerio.

«La passione va vissuta attimo dopo attimo. Senza progetti a lunga scadenza orizzonti che ingannano. Stanotte siete qui, respirate il desiderio lentamente. Dove volete correre nel buio? In quale direzione?» chiede Panèo.

«Perché non vogliamo dormire?» dice Luisa.

«Perché stanotte tutto è possibile, potete giurare passione eterna o prendervi a coltellate. Domani, con il sole, tornano i ragionamenti, arriva il motoscafo, riaffrontate la realtà che vi siete costruiti addosso.»

I tre si siedono sulla sabbia. A pochi metri, si rompono le onde. La schiuma cerca di raggiungere i loro piedi allungati: ma non li bagna. Osservando la superficie del mare, si vedono saltare i pesci: un guizzo nell'aria, e poi di nuovo nell'inchiostro dell'acqua.

«Ecco, quei pesci che provano a volare, somigliano a voi. La passione vi porta a pensare possibile qualsiasi progetto: anche a cercare nuovi mondi, nuove dimensioni di vita. Potrà mai un pesce respirare fuori dell'acqua? Sì, per un istante: ma poi è costretto a rituffarsi, per non soffocare. E così voi, amanti di passione. Tentate di rivoluzionare le vostre esistenze. E così saltate fuori dall'acqua. Ma vi sono bastate poche ore su quest'isola, per capire che non è possibile, e forse anche ingiusto nei confronti di troppa gente. E allora vi rituffate nel mare della normalità, dove nuoterete senza rischio.»

«Vieni nella capanna a dormire con noi?» chiede Luisa, con gli occhi assonnati, mentre Panèo le illumina il volto con la pila.

E una volta nella capanna, Panèo raccoglie da terra quel coltello affilato della passione.

Adesso i due amanti si coricano sul letto, e Panèo si sistema su una sedia, si piega sul tavolo, e poggia la testa su un braccio.

«Se non ci lasciamo, magari ci sposiamo. E allora tu sarai il nostro testimone di nozze», sorride Luisa.

«Vorrei sbagliarmi, ma vi lascerete, e non vi sposerete mai. Mi basta essere testimone qui, stanotte, della vostra passione senza logica. È un sentimento selvaggio che trasmette voglia di vivere, esige sincerità assoluta.»

«Lo sai che la tua ‘rosa dei sentimenti’ mi fa sognare?» dice ancora Luisa.

«Dormi. I sogni da svegli fanno sempre male. Dormi. Da domani mattina dovrai usare tutte le tue forze più nascoste per non impazzire», e con il coltello affilato della passione tra le mani, s’addormenta anche Panèo.

Il ponente: l'affetto

L'ISOLA di Panèo, d'autunno, sembra un quadro che viene restaurato. La mano invisibile di Ulisse ravviva i colori degli ulivi, degli scogli e delle onde. Anche Panèo pittura di nuovo la sua barca. Stucca le fiancate, e passa il pennello come se carezzasse quel legno che tiene in vita la sua fantasia.

Passata la stagione delle vacanze obbligatorie, nell'isola capitano soltanto creature interessate alla «rosa dei sentimenti» del pescatore.

Arrivano come i gabbiani, improvvisi e sensibili, alla ricerca di un cibo introvabile in altre terre e in altre isole.

Proprio dal cielo, come un gabbiano, volteggia sull'isola di Panèo un elicottero. Scende lentamente verso la spiaggia: il frastuono del motore fa fuggire i veri gabbiani dallo scoglio biancastro, e il vortice delle eliche solleva una nuvola di sabbia.

Una specie di tempesta: ma Panèo non si scompone. Continua a carezzare di verde e blu la sua barca. L'importante, è che la sabbia non vada a mischiarsi con la vernice.

Poi l'elicottero tace. I gabbiani tornano a volare curiosi intorno a quel mostro d'acciaio.

Dalla scaletta, scende un uomo sulla trentina, porta una valigetta. È in camicia, ma appena mette le scarpe sulla sabbia, si infila una giacca grigia come i pantaloni. Occhiali di metallo, stempiato, di particolare ha le labbra tese in una leggera smorfia che somiglia a un sorriso. Il pilota in tuta bianca lo segue fino ai piedi della scaletta, poi si siede sugli ultimi due gradini.

Panèo ha imparato dai pesci: con un occhio osserva la preda, con l'altro continua a pitturare. Uno sguardo alle novità o al pericolo, e un altro alla propria vita.

L'uomo dell'elicottero è davanti a lui: «Ti disturbo? Vengo da Milano, ho bisogno di parlarti».

«Dicono che lassù lavorano troppo, e pensano poco a se stessi», risponde Panèo.

«È vero. Ma quando ti capita una tegola, o qualcosa del genere, anche al Nord smettiamo di lavorare. E siamo costretti a pensare a noi.»

«Arrivo con il pennello fino a prua, finisco la fiancata destra, dieci minuti e arrivo.»

L'uomo posa la valigetta sulla sabbia. Con un fazzoletto s'asciuga il sudore. Il suo sguardo fa il giro dell'orizzonte, e si ferma sulla capanna di Panèo. Porta e finestre sono spalancate: è invitante.

«Andiamo», dice Panèo, «se sei arrivato in elicottero hai davvero fretta. La mia barca può aspettare. Qui tutto può aspettare.»

«Lo sai che la tua isola è introvabile? Ce ne sono altre due quasi identiche in poche miglia.»

«È più facile trovarla venendo dal mare, tu sei la prima persona in tanti anni che arriva dal cielo. Non so da lassù come sia fatta la mia isola.»

«Sembra una maschera dell'antico teatro greco.»

«Piange o sorride?»

«Non si capisce. Anche il mio pilota non riusciva a capire.»

«Sediamoci qua all'aperto: porto due sedie dalla capanna», dice Panèo.

E adesso l'uomo dell'elicottero e il pescatore sono uno di fronte all'altro, ma seduti più vicini di quanto sia logico per due persone che si conoscono appena.

«Ho perso mia moglie un mese fa. Eravamo sposati da dieci anni. Sono rimasto vedovo, con una figlia di appena otto anni.»

«È morta all'improvviso?»

«In tre mesi. Un tumore fulminante ai polmoni. Ha parlato lucidamente fino al giorno prima di andarsene.»

«E almeno in quei tre mesi hai mandato al diavolo il tuo lavoro?»

«Ho fatto di tutto per trovare ritagli di tempo. No, da incosciente non ho mandato al diavolo il mio lavoro. Ma ero convinto che quella malattia durasse più a lungo.»

«Se tu vivessi qui, t'accorgeresti che le ombre degli ulivi e dei pini s'accorciano e s'allungano quasi a vista. Il tempo è troppo veloce per non vivere gli attimi.»

«Mi sento senza energie. Inutile. Riesco a restare in ufficio sì e no tre ore al giorno. Poi mi sento soffocare. Mia figlia mi telefona in continuazione: mi chiede della madre, se sarà in cielo, e perché non la sogna ancora.»

«Calmati. Inspira ed espira seguendo la mia mano, che sale e scende. Così. Lo facciamo insieme».

E Panèo, con i movimenti lenti del suo braccio, regola il ritmo del respiro dell'uomo.

Qualche minuto, il tempo che una nuvola oscuri il sole, e s'allontani quasi consumata dai raggi di settembre.

«Adesso puoi parlare. Qui gli orologi s'annullano, sono bicchieri d'acqua nel mare.»

«Per me questo incontro è importante, ho

preferito te agli psicanalisti. Mi lasci registrare quello che ci diremo?»

Panèo sorride. Fa cenno di sì. E l'uomo tira fuori dalla valigetta nera un piccolo registratore. Preme due o tre tasti, e poi lo sistema sulle ginocchia.

«Prima l'elicottero, adesso il registratore. Se un giorno tornerai da me, ti porterò a pescare i tonnetti al traino, proprio in questa stagione passano a migliaia. La lenza la dovrai stringere tu, senza l'aiuto di nessuna tecnica.»

«Anch'io so della tua 'rosa dei sentimenti'. Qual è il vento che può salvarmi?»

«Salvo sei già. Pensa a tua moglie: se fosse stata lei a restare vedova, avrebbe avuto la forza di raggiungermi su quest'isola? Dunque salvo sei, e forte come i miei scogli.»

«Ma il vento?»

«Io non conosco il vento che ti ha trascinato o spinto fino a un mese fa. So qual è il vento con cui da oggi dovrai convivere. È il ponente. Fresco, soffia da ovest, lo chiamano anche espero. Chi vive a Roma, lo chiama ponentino. Una brezza che nei pomeriggi e nelle serate capitoline fa respirare meglio. Nella mia 'rosa dei sentimenti' questo è il vento dell'affetto.»

«È già dentro di me?»

«Non hai scelta. Come ti sentivi, prima, quando respiravi su e giù con il mio braccio?»

«Ho fatto un salto indietro negli anni. Fino a mia madre, che m'addormentava sfiorandomi le sopracciglia: prima una, poi l'altra.»

«Ecco, il ponente ti sfiorerà lo spirito. Fuori, resterai l'uomo decisionista, sicuro, instancabile. È dentro che filtrerai l'esistenza con la dolcezza del ponente.»

«E mia figlia se ne accorgerà?»

«Lei sì. Forse sarà l'unica creatura che dovrai aiutare a convivere con il vento dell'affetto.»

«Ma che cos'è l'affetto?»

«Un sentimento trasparente, alla portata di tutti, e per questo trascurato. La gente lo considera un sentimento malinconico, da vecchi. Come se accettare l'affetto fosse l'ultima soluzione per addolcire la solitudine.»

«Veramente anch'io considero l'affetto un sentimento di ripiego.»

«Ti confesso che quando sono sulla mia barca, trovo la pace seguendo il vento di ponente. Certo, non posso consigliarlo a chi è accecato da altri venti più violenti. Ma a chi ha veramente bisogno di carezze allo spirito, io indico la strada per amare la vita. E tu devi tornare ad amare la vita.»

«Mia moglie dov'è?»

«Non è mai stata così viva per il tuo spirito. Adesso le restituirai tutti i pensieri che le hai negato in dieci anni di matrimonio. Segui il vento di ponente. Quando tornerai a casa, comincia a cercare tua moglie. Hai notato com'è rimasto il suo profumo nella camera da letto? Eppure hanno aperto le finestre, cambiato le lenzuola, passato l'aspirapolvere. C'è il suo profumo sul letto, negli armadi. Persino quando bevi nei bicchieri senti il profumo delle sue labbra. Ecco, l'affetto riuscirà a profumare di tua moglie l'aria che respirerai, a vita. Lei c'è. Ma quando chiederai agli altri se nella sua camera, o in tutta la casa, si sente un certo profumo, ti risponderanno che si sente solo il deodorante, o la cera.»

«Non posso vivere del suo profumo.»

«Ecco le sorprese del ponente. Lo sentirai soltanto e quando lo vorrai. Se penserai intensamente a tua moglie, lo sentirai anche quando cambierai casa, letto e armadi. Ti lascia una libertà infinita l'affetto. Come fosse la tua ombra: t'accorgi che esiste se ti volti a cercarla.»

«Che devo fare delle sue fotografie, dei video che abbiamo girato in tutti questi anni?»

«L'affetto te li proporrà quando ne avrai bisogno nel profondo. Pensa, in fotografia ci si affeziona a persone che nemmeno conosciamo. Ma non soltanto a volti dello spettacolo, a certi attori con i quali siamo cresciuti, quasi fossero parenti virtuali. Un avvocato penalista mi raccontava che durante i processi riceve centinaia di lettere di gente che si è affezionata al suo cliente: e questo, magari, verrà giustamente condannato all'ergastolo. In quella fotografia sbiadita, in bianco e nero, creature sensibili trovano tenerezza, affetto. Lo vedi come è imprevedibile il vento di ponente?»

«Lo sai che mia moglie s'era affezionata ai dottori che la curavano, alle infermiere della clinica?»

«Lo vedi che anche lei ti aveva indicato la strada dell'affetto? Nella sofferenza, un sorriso sincero ha un valore altissimo. E l'affetto che tua moglie provava per medici e infermiere, era sicuramente ricambiato. Uno dei segreti dell'affetto, è la reciprocità. Un filo diretto che con il tempo non riesci più a spezzare. È forte l'affetto, eppure lascia spazio a tutti gli altri sentimenti: a lui basta respirare, esserci, anche se in un angolo.»

«Dunque potrei amare un'altra donna, e l'affetto per mia moglie resterebbe intatto.»

«L'hai capito da solo. Ma se non ti sarà facile sostituire la figura di tua moglie, sarà per le attenzioni che le hai negato. E adesso non commettere lo stesso errore verso di te. Affezionati alle tue abitudini, ai particolari della tua vita.»

«Dovrei diventare egoista?»

«Ci penserà tua figlia a soffocare il tuo egoismo. No, io ti suggerisco di scegliere sempre la stessa poltrona del tuo salotto, per leggere o pensare. Come fosse una cuccia di cane, un tuo rifugio dove addormentarsi è più facile.»

«Mio padre, fino all'ultimo, non ha mai tradito la sua poltrona.»

«Quello era affetto. Verso un oggetto se vuoi. Ma sempre di un sentimento si trattava.»

«Ma lui era fissato: guai a mandargli in lavanderia fazzoletti o pullover.»

«Allora anch'io sono fissato. A pesca di cefali, ci vado con il maglione verde. Se invece cerco i polpi, voglio quello rosso. Non sono fissazioni, sono abitudini che nascondono il vento dell'affetto.»

«Pensare di più a me. Non sarà facile.»

«Che cosa vedi dalla finestra del tuo studio?»

«Sono al secondo piano. Vedo una zona di un parco. Qualche tiglio, un prato dove giocano ragazzini, un paio di panchine, e una strana statua, non so se di uomo o di donna.»

«Ecco, tornato a casa, scendi giù in quel parco. Cerca di conoscere i nomi di quei ragazzini, studia qualche loro sorriso. Poi prova a sederti sulle panchine, e controlla se la statua ha il volto di uomo o di donna.»

«Mi prenderanno per matto.»

«Non ti sentirai matto quando dalla finestra del tuo studio guarderai giù nel parco. Giorno dopo giorno, i ragazzini cresceranno, fino a non giocare più. E li saluterai dai vetri, uno per uno. E sulle panchine si siederanno uomini e donne in cerca di pace, come te. E conoscerai il volto della statua, lo vedrai coperto di neve o di foglie che cadono dai tigli. Sarà un paesaggio amico, ti farà compagnia, ma sempre se tu lo vorrai, quando ti deciderai a guardare dalla finestra con animo disteso: quando ti lascerai andare al vento dell'affetto.»

«Sto registrando tutto. Finalmente uso il

registratore da solo, per me, senza la mia odiosa segretaria.»

«Non la sopporti?»

«Lei e i suoi tic, le sue manie. Il caffè alle nove e cinque in punto, mezzo cucchiaino di zucchero: sta davanti a me finché non l'ho bevuto. Poi mi disinfetta la cornetta del telefono, e accende la filodiffusione sul programma della musica classica: il volume è al numero tre. Guai se qualcuno lo alza o lo abbassa.»

«Questo è un altro personaggio che non devi sottovalutare. Ti è affezionata: proprio nelle sue manie, nei suoi tic. E anche tu provi affetto per lei, confondendolo con sopportazione o fastidio. Se una mattina lei non c'è, chi pensa al caffè o alla filodiffusione? Ti manca la segretaria odiosa.»

«Forse hai ragione. Quando ha saputo di mia moglie, ha pianto finché gli occhi si sono chiusi tanto erano gonfi.»

«Con l'affetto, lei ti conosce meglio di me e di qualsiasi psicanalista.»

«Ma io viaggio in continuazione, non ho

tempo d'affezionarmi a niente e a nessuno.»

«Una volta venne a trovarmi un pilota d'aereo: scapolo. Si lamentava di non potersi prendere una casa. La compagnia aerea lo faceva dormire in alberghi, residence. E quando alla sua vita mancava il lavoro, lui tornava a casa dalla madre, a dormire nella camera di quand'era ragazzo. Bene, per non impazzire, lui s'era affezionato alle hostess di terra degli aeroporti, ai portieri d'albergo di mezzo mondo. Dopo vent'anni di voli, poteva contare su decine di amici: di tutte le razze. Il suo terrore era di andare in pensione, di non poter vedere più quegli amici, quelle facce dell'affetto. Anche tu, approfitta degli incontri, dei viaggi, non lasciarteli passare sulla pelle come l'acqua dolce. Affezionati. Oggi a me, e domani a un tuo socio d'affari a Londra. Il pianeta diventa una mela tra le nostre mani se viviamo con il vento di ponente.»

«Di questo passo dovrei affezionarmi anche ai randagi che chiedono la carità agli angoli delle strade.»

«Ti sembra così folle? Che ti fermi o no, sotto casa, o vicino al tuo ufficio, incontri sempre la stessa creatura disperata che ti chiede gli spiccioli.»

«A pensarci bene una vecchia c'è, vicino a quel parco che ti dicevo. È piena di stracci, ha il naso rosso, rovinato dal freddo. Ma gli occhi sono ancora saldi. 'Mille lire per un bicchiere di birra', mi dice. E io ci casco ogni giorno. Mi fa anche perdere tempo a cercare gli spiccioli.»

«Hai notato i suoi stracci, il suo naso, i suoi occhi vivi. In qualche modo le sei affezionato. E ci resterai male il giorno in cui qualcuno ti racconterà che la vecchia ha smesso per sempre di elemosinare il bicchiere di birra.»

«Allora ogni incontro della nostra vita, anche quello che ci sembra il più banale, è provocato dal vento di ponente?»

«Ecco il segreto. Allargare il nostro orizzonte dell'affetto. C'è posto per tutti: ricchi, disgraziati, giovani e vecchi, parenti o amici. Comincia la mattina a cercare i segnali dell'affetto. Non mandare un fattorino a comprare i giornali. Vacci tu. Chiedili tu all'edicolante, e non perderti i suoi commenti. Anche a lui ti puoi affezionare: e se gli diventi simpatico, in cento parole in dialetto lui ti sa dire le ultime notizie che contano.»

«Per affetto, fino a dove si può arrivare?»

«Fino a risposarti, a mettere al mondo un fratello o una sorella per tua figlia, che ne ha bisogno, anche se ancora non lo può sapere.»

«Ma l'amore?»

«Non essere ipocrita con me. Quante coppie, dopo una ventata di passione, continuano a vivere o a sopportarsi con la forza dell'affetto? Il ponente ti lascia pettinato, non scompiglia i capelli, ma ti rinfresca la fronte, ti fa respirare regolare. Non è uno stato di rinuncia l'affetto: è una lunga corsa di resistenza, senza scatti che ti fanno scoppiare il cuore. L'affetto ti fa mettere a fuoco e prendere in considerazione l'altro, quello o quella che ti sta a fianco. La passione rotea sempre e comunque intorno a te, alla tua gelosia, al tuo terrore di solitudine. L'affetto ti libera dall'egoismo. Lo fa anche l'amore: ma questo, se autentico, ti spinge a dare e a darti incondizionatamente, quasi non ti interessa la risposta dell'altro. L'affetto, invece, è dialogo silenzioso. Alla pari. E dura nel tempo, perché non stanca, non richiede sforzi prolungati dello spirito. Piccoli gesti, carezze, sguardi senza secondi fini. Certo che con l'affetto troverai una seconda compagna: e incredibilmente sentirai di non tradire il ricordo di tua moglie. Devi scegliere una donna sensibile, che non confonda il tuo affetto con mancanza d'amore. Ma che lo senta come un sentimento forse ancora più alto dell'amore. È un esercizio delicato l'affetto. Ci si spoglia di luoghi comuni, gelosie, sospetti, convenzioni. È l'unico sentimento in cui puoi restare indifeso. Chi vorrebbe colpirti, intuisce subito che lo capiresti, lo perdoneresti, forse lo consoleresti. E ti risparmia il colpo alla schiena.»

«Io non ho fede.»

«Ma sei un uomo alla ricerca della pace, armato d'un registratore. E non credere che chi ha fede non sia sempre e comunque alla ricerca, come te. La fede. Nasce dentro di te per vie misteriose, o ti entra a poco a poco. Magari capitando ogni tanto in una chiesa. Abituandoti a quel profumo d'incenso, accendendo una candela non sapendo nemmeno a chi e perché, e osservando quelle persone insospettabili che trovano la forza di inginocchiarsi in un confessionale. E poi spera in un prete come te l'immaginavi da sempre. Semplice. Che non faccia ragionamenti lontani, astratti: ma che ti aiuti ad accettare le durezze della vita, come la morte di tua moglie. Con l'affetto, gli perdonerai qualche frase che ti sembrerà banale. Magari sarà prolisso, parlerà troppo prima di prenderti per mano. Ma con l'affetto lo sopporterai, perché il tuo fine ultimo è la fede. E la fede è un lago d'affetto.»

«Ci proverò, ma è difficile entrarmi nella testa, a volte mi sento complicato, si fa troppa fatica a darmi una mano.»

«Cosa credi, che uno psicanalista sappia leggere nel tuo cervello meglio della tua portinaia o del tuo vicino di casa? Se questi sono sensibili, e provano affetto nei tuoi confronti, conoscono il tuo animo, le tue abitudini. A loro non puoi nascondere gli umori segreti della tua personalità.»

«Quando mia moglie si è ammalata, il portinaio veniva su in terrazza a innaffiare i gerani: lo faccio finché non torna sua moglie, mi diceva. E i vicini, invitavano mia figlia a colazione: per vedere la televisione con i loro figli, che hanno qualche anno più di lei.»

«E questi gesti come li chiami, se non affetto?»

«Sei tu che me li fai tornare in mente. Con te li rimetto a fuoco. Sul momento mi sembravano delle normali gentilezze.»

«Il vento di ponente quasi non esiste se non lo sintonizzi con la tua sensibilità. La vela non si gonfia con il ponente, ma tu navighi lo stesso, senza incertezze.»

«La bambina somiglia alla madre in maniera impressionante.»

«E questa non la chiami fortuna? Per te e per lei. Per te, che tra qualche anno rivedrai tua moglie per casa, allegra, che torna a innaffiare i gerani. E per lei, che sarà orgogliosa, ogni volta che un amico o un parente le dirà di quanto somiglia a sua madre. Come se il tumore non ce l'avesse fatta a sradicare la vita della madre. Va avanti lei. E chi noterà quella somiglianza, lo farà con affetto, saranno creature che arrivano con il vento di ponente.»

«E le lettere che mi aveva scritto mia moglie?»

«Mettile in un cassetto. Non ti sentire obbligato a leggerle. Forzeresti i tempi: potrebbero farti disperare o lasciarti indifferente. Aspetta che sia l'affetto a spingerti a riaprire quel cassetto. Ti sembreranno scritte da una persona viva: lontana per una vacanza, per un viaggio. Il filtro dell'affetto distrugge nostalgia, rimpianti e sensi di colpa. Anch'io conservo una lettera che ho riletto con affetto due volte in troppi anni: non mi suscita emozioni particolari, mi fa soltanto accettare il perché della mia scelta di vita. Fa tenerezza rivedersi in una lettera che qualcuno ci ha scritto chissà quando: attraverso quelle parole, ricostruiamo il nostro ritratto, il nostro carattere di allora.»

L'uomo dell'elicottero suda sotto il sole, s'è tolto la camicia, e a torso nudo ascolta la voce calma di Panèo. In quel nastro magnetico, oltre alle parole del pescatore, lui risentirà le grida dei gabbiani, il rombo di un aereo, il sibilo del vento.

Pensa l'uomo dell'elicottero, mentre Panèo sistema sulla testa il cappello di paglia.

Pensa: Soltanto un mese fa, stavo accompagnando per l'ultimo viaggio mia moglie a Firenze. M'era crollato il mondo addosso: ce l'avevo anche con Dio, comunque con quell'essere che si diverte a vederci soffrire. Volevo subito iscrivere mia figlia in un collegio svizzero. Volevo cambiare mestiere, farmi ricoverare in una casa di cura. E adesso mi ritrovo a chiedere aiuto a questo strano pescatore, che mi racconta delle storie sull'affetto, sul vento di ponente. E sto meglio, mi fa rabbia, ma mi sento tornare le forze. Volevo restare debole senza mia moglie, e invece mi sta tornando la vita nei nervi, nelle ossa, in quella specie di anima che ho dentro.

Panèo intuisce d'avere spiazzato l'uomo dell'elicottero: «Vuoi che ti faccia un disegno della mia 'rosa dei sentimenti'?» chiede.

«Ecco, forse è meglio. Entro nella tua testa così particolare», e dalla valigetta tira fuori un blocco di carta e un pennarello nero.

Panèo apre il blocco, e in pochi minuti, disegna la sua rosa. Da nord a nord, trecentossessanta gradi di sensazioni: dalla tramontana dell'odio, allo scirocco della gelosia, al grecale dell'entusiasmo.

«È la prima volta che affido il mio segreto a un'altra creatura. Ma tu lo meriti. Un grande dolore ti fa crescere a velocità cosmica. Mentre gli amici ti consolano, tu sei già proiettato all'attimo in cui riuscirai a superare il dolore: e può essere tra un'ora, come tra mille anni.»

«Vuoi salire a bordo dell'elicottero? Ti faccio vedere la tua isola dal cielo.»

«Ripaghi così la mia 'rosa dei sentimenti'?»

Insieme, Panèo e il vedovo raggiungono l'elicottero.

Il registratore è ancora acceso: incide anche i loro passi sulla sabbia.

Panèo ha quasi paura: «Per te io provo affetto, non riesco a dirti di no. Non ho mai volato su un elicottero, e soprattutto mai sulla mia isola».

«Per mare non la tradisci un solo istante. Fai un volo come questi gabbiani, e torni nella tua capanna.»

Panèo adesso è a bordo dell'elicottero, seduto a fianco del vedovo. E il pilota fa roteare le eliche. Si vola. Più in alto dei gabbiani.

«Guarda come diventa piccola la tua isola», dice il vedovo.

«Hai ragione tu, sembra una maschera. E sorride.»

«Sai suggestionarmi, anche a me adesso sembra che sorrida. Prima no.»

«Eccole laggiù le altre due isole», dice Panèo con l'entusiasmo di un ragazzino.

Il pilota si volta a guardarlo. È incuriosito da quel pescatore senza età.

«Hanno meno alberi della mia, e poi non c'è una baia per ormeggiare. Chissà se ci abita qualcuno», dice Panèo.

«Io seguo il tuo vento, non ho altra via d'uscita», dice il vedovo, posando una mano sulla spalla di Panèo.

«È lui che ha scelto te. Dammi il disegno della mia 'rosa dei sentimenti'. Guarda, cominciamo da nord. L'odio della tramontana è una vendetta che non ti puoi permettere. Hai una figlia che ha ancora bisogno di favole, e l'odio ti fa dimenticare le favole. L'entusiasmo del grecale non te lo posso chiedere. Tornerà a soffiare, ma chissà quando. Adesso se l'è portato lontano tua moglie. L'indifferenza del levante l'hai rifiutata tu, perché hai reagito, mi hai cercato e mi hai trovato: hai anche registrato parole che potrai capire più avanti, dunque sei proiettato nel futuro. Lo scirocco della gelosia non ti può nemmeno sfiorare: se lo concepisci per un istante, è per la persona sbagliata che può incontrare tua figlia. Il vento di mezzogiorno, quello dell'amicizia, ti regalerà sensazioni tra qualche anno: tua moglie, era anche l'unica tua amica veramente disinteressata. Il libeccio della passione lo eviterai con tutte le tue forze: ti sentiresti un traditore di troppi progetti di gioventù. Rimane il maestrale dell'amore. Hai già viaggiato con quel vento. Ma sei stato costretto a rientrare nel porto: un marinaio al timone non basta se nessuno lo assiste alle vele. Tua moglie era il tuo equipaggio quando soffiava il maestrale. Dunque scegli il ponente, vivi il vento dell'affetto. Ti confesso che è il vento che ho scelto anch'io per continuare a vivere.»

Panèo comincia a sudare. Senza che nessuno gli dia l'ordine, il pilota scende di quota. Comincia l'atterraggio sull'isola.

Panèo fissa la sua capanna, sempre più vicina. I suoi ulivi, il suo scoglio biancastro, il suo mondo impossibile.

Ancora la nuvola di sabbia, e poi il silenzio: quel silenzio che gli uomini cercano e rinnegano nevroticamente.

«Tornerò con mia figlia, ma aspetto che sia pronta a conoscerti», dice il vedovo.

Panèo scende dalla scaletta. Vorrebbe correre come un forsennato fino alla riva del mare, bagnare i piedi, buttarsi in acqua, cantare e gridare.

Ma si tiene tutto dentro, e riesce appena a sorridere verso quell'elicottero che s'allontana.

L'ultimo messaggio di Panèo

È DALL'AUTUNNO passato che non si hanno più notizie di Panèo. L'ultima creatura che ha raggiunto la sua isola, è stato Leonardo: il suo migliore amico degli anni verdi. È arrivato in fretta e furia da New York con Josette e i due figli maschi, una nuora, e due nipoti.

Ha affittato un motoscafo in Sicilia, e ha cercato l'isola di Ulisse per tre giorni e tre notti.

Poi è arrivato alla capanna: Panèo ha fatto fatica a riconoscerlo, lo ha abbracciato, gli ha offerto da bere del vino bianco, e gli ha fatto vedere la sua «rosa dei sentimenti».

Hanno parlato una notte intera, ridendo e commuovendosi.

Panèo gli ha anche fatto leggere la lettera che nascondeva nella cassettiera degli ami delle grandi prede.

E Leonardo, s'è sentito un verme. Ha chiesto perdono a Panèo.

L'ha anche invitato a Roma, almeno una settimana. Voleva fargli conoscere i figli e i nipoti, fargli rivedere Josette: «Parla sempre di te, della tua dedizione. Sapessi le volte che mi ha insultato. S'è pentita di avermi preferito a te», ha detto Leonardo a Panèo.

Ma non c'è stato niente da fare. Panèo è rimasto seduto sulla porta della sua capanna, mentre il motoscafo di Leonardo s'allontanava.

Gli ha affidato però un biglietto. «Per Josette», ha scritto sulla busta, chiusa con la colla del legno per la barca.

E Leonardo ha portato il messaggio a Josette. Lei lo ha aperto e lo ha stracciato in tanti pezzi.

«Che cosa avevi scritto Panèo?» te lo chiediamo noi, uomini del continente così insicuri e soli.

Panèo sorride: «Ho scritto: perdonami Josette, ma quando ti penso, il maestrale dell'amore fa ancora sbattere la finestra della mia capanna. E l'aria mi entra nelle ossa. E ho troppo freddo».

Finito di stampare nel mese di novembre 1998
dalla Tip.Le.Co. - Via S. Salotti, 37 - Piacenza
Printed in Italy